人生十人十色3

「人生十人十色3」発刊委員会・編

文芸社

目次

いつか花咲く大樹の芽

是永　円華

私には注意欠陥多動性障害があります。

幼い頃から場の雰囲気や人の心理を読み取ることが苦手で、周囲の人を無神経な言動で不快にさせてしまうことが多くあります。

それを自覚し障害として理解できたのは、小学校一年生の時のベテランの担任の先生のおかげです。

令和になった今と比べると、当時はまだ障害に対する理解は難しくあくまでも特徴の一つとして捉えられ、親の教育が悪いとか本人の努力が足りない等、単純に考えられることが多かったのです。

保護者面談の際に、障害の可能性があるからと病院受診を勧められたのが全ての始まりでした。

偏見をなくそうと意識的に理解を広める時代になりました。

その反面、発言や行動など何かとハラスメント問題になりやすい敏感な時代とも言えます。当時は障害に対する理解も知識もまだぼんやりとしていたからこそ、勇気ある先生の発言を受け入れやすかったのかもしれません。


自己主張が強く、協調性があまりない私の周りに気がついたら友人はいなくなり、母親には特に心配をかけました。

実際に小学生の時、性犯罪事件の被害に遭いました。

一人で自由に時間があったので、毎日暗くなるまで道草を食っていました。

そんなある日の出来事でした。

無知な故の無防備さを今思えば、当時の私が認識していた出来事が果たして被害の全てなのか、それは誰にも分かりません。

人を愛し愛されることも知らず枝葉だけをみせられて以降、失ったものを大切に想えば想うほど自分が嫌いになるのです。


中学校では合唱部に所属していました。

運動は苦手だし音楽は好きだったので楽しく歌を歌えたら良いかな程度の軽い気持ちで

入部しましたが、全国大会常連の強豪校でした。

私が苦手とする調和と団結こそが最も大切な世界に飛び込むことに、周りの誰もが反対しましたが、部活動勧誘コンサートで聴いた歌声に魅了された私の心はもう動きませんでした。

不器用な私とは違い、他の部員の多くは人としての質が高く、そこに居るだけで私も研磨されるような世界でした。

東日本大震災を経験してからは特に、音楽が人に与える偉大なパワーを実感しました。自分自身が楽器で歌に込められたメッセージを、音で広く伝えることができるありがたみと、その責任までもを身をもって学びました。


高校でも合唱部に入部したものの、農業高校で畜産の世界に勤んでいたので、農業活動も部活動も中途半端になっていました。

欲張って手を出しても自分でキャパオーバーだと分かっていたので、高校在学中の今にしかできないこと一つに絞って頑張ろうと決めました。

合唱に対する熱量は他の部員と本当は同じでした。

同じだからこそ逆の立場だったとすれば、私はその人を許せないと思ったので、三年生の大会直前という最も大切な時期でありながらも部活を辞めました。

他に別な理由を説明しましたが、大人だけに許された優しい嘘であると、大切にしていた合唱と決別しました。

黒毛和種という牛の飼育と研究活動を三年間続けていく中で、人間の身勝手さに腹を立て消化しきれない欺瞞を抱き悩み考えました。命の始まりから終わりまでの一部始終を体験を積み重ねることで学び、より感受性が豊かになりました。

高校卒業後は畜産物を扱う会社に二年間勤めましたが、往復五時間を超える冬場の過酷な通勤に身も心も蝕まれ、自ら会社を辞めました。

誰からも必要とされていないと実感する毎日に自暴自棄になっていた時期がありました。

ひょんな出来事から社会復帰しようと思いいざ仕事を探していた時に、今度からは障害に理解のある環境で働けるようにと家族や就労支援機関が全力で応援してくれました。

しかし、私は障害があることを形にする不安と世間に知られる恐怖から、なかなか障害者枠での就労に前向きになることができませんでした。

障害を理解してほしいと望んでいる自分でさえも強い偏見がありました。

障害のある人自身が理解を求めるにあたり、少しでもためらいがある限り、差別や偏見はなくならないと思いました。

新しい仕事を見つけるまで決して急ぐことなくこだわりを捨てずに選択し決断できたことがとても良い結果を生みました。

本来は食肉の仕事に就きたいと思っていましたが、求人している企業との出会いがなく、こだわりを一つまた一つと減らし選択した結果、後悔し誰かや環境のせいにして自己嫌悪に陥った経験を乗り越えてきたから地道に進めることができたのだと思います。

時間をかけて自分と向き合い、純粋な心と素直さを大切にし続け本当にやりたい仕事ができて今の私は幸せです。

某スーパーの精肉部門で働かせてもらっていて、頼りになる先輩従業員はとても情の厚い人たちです。

障害の理解という表現より、成長をあたたかく見守られながら頑張れる環境に恵まれたと思っています。

技術職をやると決意した心に迷いはなく、つまずいてしまったとしても道は長いと覚悟しています。

内心、辞めたいと思ったことは何度かありますが、その度に続けるという選択をした自分を誇らしく思えるのは、もしかすると、自分が大切にしているこれだというものたった一つを手放さないことの価値を知っているからなのかもしれません。

今の私には、周囲の人と比較したり、何かと不器用なのに背伸びをしたり、自分を飾ることで憧れに近づこうとする悪い癖があります。

いつも私の心の瞳にうつる人物は、私の知らない世界でその中心に生きる輝かしい人です。そのまぶしい光を浴びることで私は、間接的に向上心を刺激されて浄化されたり克己したりと良い影響を受けています。

今のこの状態に至るまで、人を好きになる度にその人を自分から避けてきました。

その人を想うほど心と経験値が一致しないことを知られる恐怖に駆られるからです。

自分を飾り濁った色に塗装することで本当の自分を隠してきました。

偽りの自分なら周りから何と想われようと、傷つくことがないので楽だからです。

しかし最近、その人の前でだけは本当の自分、ありのままの姿で在りたいと思える不思議な男性に恋をしました。

もう背伸びをしたり飾る必要性がないと、嬉しく涙しました。

いつか私が望む大きな幸せは、本気で愛するその人の光に照らされながら私に足りないその隙間に花を咲かせることです。

目に見えない敵と闘う今、後悔のない毎日を全力で生きています。
馬鹿真面目で少し暗い話に感じるかもしれませんが、それは本来当たり前のこと。
小さな幸せを探し、明日も冒険し続けます。

冬の蝶（弟の一生）

勝山　恵子

ただならぬ母の声が、隣の部屋から聞こえてきた。呻き声と悲痛な叫びだ。

「お産婆さんを呼んできて！」

その声に私は飛び起きた。隣で寝ていた妹と弟もびっくりして、何事かというように私を見る。当時は自宅での出産が普通で、私の兄弟は皆、池上さんというお産婆さんにとりあげてもらっている。

何故かあの日、父はいなかったので、仕方なく隣の家に駆けこんで妹と弟を頼み、一人真夜中の道を二丁ほど先のお産婆さんの家へと走った。まだ電話も普及していない時代だ。裸電球がぽつんと電柱にか細く光っているのだけが救いであった。

「もう少し遅かったら窒息していたかもよ」と、留守を頼んだ隣家のおばさんに、池上さんが話していた。母の体が冷え切って、胎児は膜に覆われたまま出てきていたらしい。

昭和二十三年二月十七日、こうして私の二人目の弟は誕生した。中学生だった私は、このお産に一役買ったことが誇らしくて仕方がなかった。弟の名は母の一文字をとって俊二と名付けられた。

終戦から四年ほど経つと、この国も少しずつ明るさを取り戻していった。街は高峰秀子の「銀座カンカン娘」の曲がよく流れていて活気があった。しかしまだ物資は不足していた時代だ。俊二は私のお下がりの服を着せられ「俊子ちゃん」などとはやされたが、目のぱっちりした丸顔で、まわりの大人たちから可愛がられて成長していった。両親が商売で忙しかったので、十五歳年上の私は、学校から帰るとほとんどの時間をこの弟と過ごしていた。

しかし、我が家も平穏な日々はそう永くは続かなかった。突然、私たちの母が四十四歳で他界してしまったのである。悪性の癌を見逃しての、あっけない結末であった。俊二は十二歳になっていた。

洋食店を母とやりくりしていた父は、家庭と商売の両立は無理と、一年も経たぬうちに友人の勧めで再婚に踏み切った。そして、若い母となる女性がやってきた。

しかしその人は、「子どもが四人もいるなんて聞いていない」というではないか。仲人とはそんなものかとがっかりしつつ、父の呑気さにも呆れてしまった。

私たち兄弟は、店を父と再婚相手に任せて、自宅を区切って人に貸して生活することになった。俊二は「第一次ベビーブーム」に生まれ、受験や就職などの難関に立ち向かわなければならない運命にあったが、幸い順調に高校を卒業し社会人になっていた。私も家の事情を理解してくれる人に出会い結婚した。

俊二の就職先は「海事検定所」といって、海に関する仕事だ。その影響か仲間とヨットを購入したり、釣りに行ってはクロダイやイカなどを時折届けてくれて、私たちを喜ばせた。この頃が弟にとって一番幸せな時代だったかもしれない。

日本の高度成長を支えた企業戦士も、とうとう定年を迎え、早いもので弟も還暦となった。

独身で一生を過ごすつもりらしく、何度か結婚を勧めても気が乗らないようだった。制約のない自由を満喫し、海の男になりきって、現在の生活を捨てがたく思っていたようだ。十二歳の時母を亡くし、父の再婚や兄の離婚などで家族の儚さを感じたか、家族というものを煩わしく思っていたのかもしれない。

ある日、久しぶりに俊二が訪ねてきて私を驚かせた。彼は頭を丸坊主に刈っているではないか。理由を尋ねると「肺がんになっちゃった」と言って、また私を驚かす。肺がんの告知を受けたというのだ。「どうせ抗がん剤の治療で抜けるからさ」と、手で頭を擦って照れくさそうに笑った。独り気ままな生活は、タバコと酒にブレーキをかけることなく、弟の体を病魔が蝕んでいったのだった。

それから入退院の生活が始まった。治療を施し退院するが、彼はタバコを手放すことができず、がんは再発を繰り返した。そしてその度に、がん細胞は徐々に宿主の命を削っていった。

五回目の入院の時、担当の医師は脳への転移を淡々と告げて部屋を出て行った。治る見込みのない患者は、ホスピスか自宅に移ってもらいたいのでと、私はスタッフに告げられた。ベッドの空きを待っている患者もいるらしい。それから度々、退院を促された。

その頃、すでに食欲も無くなった弟は、点滴で生きていた。歩行もあっという間に困難になり、オムツをはかされてしまった。白い天井を見上げて寝るだけの暮らしである。最期をもっと環境の良いところで過ごさせてやりたい。そう思い、「もう少し我慢すると、広いところに移れるからね」と、私は弟に何度も言って励ました。

ホスピスの病院は、どこも三か月待ちだ。「癌の告知を受けた時から用意をする人もいる位ですよ」と、退院促進係の女性は私を呆れたように見ながら話す。

そして彼女は一枚の用紙を持ってきた。「退院を納得します」という趣旨の文面で、私のサインを求められた。退院予定日の日付が七月十日となっている。あと一か月もなかった。ホスピスへの入院手続きを早めてくれるように頼んだ。

弟は何かを感じたのか「面倒をかけてすみません」と、私に他人のような口をきいた。そんな言われようが悲しくて、返事ができないでいると「立たせて」と何度も言う。「もう少し我慢してよ」と、私は弟の細くなった足を、ただ擦って過ごした。

弟は私が見守る薄暗い病室で、まさに退院予定日の七月十日、午前一時に息をひきとった。図らずも私は、弟の出産と死亡に立ち会ってしまったのだった。

弟は何のために生まれてきたのだろうか。何かやりたいことがあったのだろうか。思い残すことはなかったのだろうか。とうとう何も聞けないうちに、弟の六十三歳の人生は終わってしまった。

あとには、相続問題だけが残った。弟が生きた証に、何かに役立てられればと思っても、法律は甘いものではない。弟が一人でこつこつ築いた財産だが、家族もおらず遺言書もなかったため、彼がそれをどうしたかったのか、わからない。家族のいない者の相続とは、なんと面倒なことかと私は何度も溜息をついた。


「来てごらんよ。綺麗な蝶がとまっているよ」

ある日、夫の声が二階のベランダから聞こえてきた。階段を駆け上がれば、黒いアゲハチョウのような今まで見たこともないコバルトブルーの模様が、羽の中心に光っている大きな蝶がいた。

二月の特に寒さの厳しい日であった。何故、こんな季節に蝶がいるのだろうか。みぞれ混じりの雨が降ってきた翌日も、まだ蝶は同じところでじっとしている。

三日間、この冬の美しい蝶は同じところに張り付いて、どこへ行く気配もない。夫はカメラを持ち出してシャッターをきった。

四日目の朝、気になって見に行くと姿がない。下に落ちて死んでしまったのではないかと探したけれど、死骸も見当たらなかった。

あの蝶は何をしに来たのだろうか。同じ場所で三日間もじっとしていたなんてと、現像された写真を見つめながら、いまだに不思議でならない。

奇しくも弟の生あれば、六十四歳の誕生日、二月十七日のことであった。

芋づる

原　小夜

我が家の船が、遠洋の漁に出てしまうと、祖母の朝は早い。

一番鶏が鳴く頃起きて顔を洗い、庭に出て、東西南北に拍手《かしわで》を打って拝む。

私は、この拍手《かしわで》で時々目が覚める。そして私達家族は、祖母のこの拍手《かしわで》で守られているような安心した気持ちになった事を覚えている。

そのうち、船の乗組員の母親や、嫁さんが我が家に集まってくる。分家の高齢のたけやんがいつも一番早い。五、六人程集まると、八幡さん、祇園さん、戎さんに、航海安全、大漁のお願いをして回る。

一時間以上かけてお参りして帰って来ると、祖母はその足で、天井に平行して造りつけてあるずらっと並んだ神棚に向かって拍手《かしわで》を打ってから何かぶつぶつ言って拝む。

神さんは薄暗くて高い所にあって、私がその下の部屋で遊んでいる時も寝ている時も私をジイーッと観ている気がして恐かった。

それから沢山並んでいるお位牌のある仏壇にお茶のお供えをする。

その頃私達孫は朝ご飯を食べる。そして学校に行く時に、祖母は、必ず昨日仏壇にお供えしてあった硬くなったご飯を食べていくように言う。

「ほらこれ食べとったら一日怪我せんよってに」と一口私達の手に載せる。

「ほんなん迷信や」とか言いながら、小学校低学年の頃はその硬いご飯をもぐもぐ食べていると、祖母の気持ちがそのご飯に乗り移り、少し安心したような気持ちになったのを覚えている。

私が小学校五年生の頃のことだ。

うんと寒くなる頃、秋刀魚船が帰ってくる。私は、秋刀魚が帰って来るのが毎年待ち遠しい。

小学校から帰るとその頃めずらしい、逆三角形のしかも黄色の、甘くておいしいインドりんごが毎日おやつに食べられるからだ。大きくてとても甘いので、食いしんぼの私でも、一気に一個は食べられなかった。

このインドりんごは、インドとは無関係で、北米インディアナ州のりんごの品種を日本で育種したものらしい。

我が家の秋刀魚船は、まだ暑い頃、徳島の最も小さい港から、東北の太平洋側に秋刀魚の漁に出航する。秋刀魚の漁があると、気仙沼や石巻などの港に陸揚げする。商いの後、空船で帰らず、毎年さんまの塩ものやインドりんご、東北のおいしい新米などをたくさん積んで帰って、乗組員で分けた。

秋刀魚船が帰って来ると、お昼は、塩でお腹の辺りがドロッとなった塩辛い秋刀魚の焼いたのと、つやつやの東北のおいしいご飯がしばらく続いた。

ある日、私は、玄関から台所までの通路の敷居の一つの上に上がって、そしてピョンとおりた。その敷居はその通路の真ん中辺りにあり十五センチ位はあり、他の敷居に比べてとても高かった。それを見ていた祖母は、

「敷居は、お父ちゃんの、頭と一緒やさかい、踏んだらいかん」といった。

「何で、これがお父ちゃんなん。そんなん迷信や。お祖母ちゃん、いつもこんなことばっかりいいよる。神さん仏さんだらけのこの家きらいや。神さん参りよっても、年和兄やん海で死んだやん」と言った。

祖母の顔が、急にゆがんだ。

年和兄やんは、祖母の長女、イトやんの長男で我が家の鰹船に乗っていたが、ある日の夜、外国船籍と思われる船に機関部を当て逃げされて船は沈没し、兄やんは死んだ。乗組員十八人中十四人が亡くなった。兄やんは、二十一歳だった。私が小学校一年生の時のことだ。

その時、隣の部屋から、父が厳しい顔で出てきた。

父は私が大きくなっても祖母に意見がましいことを言うと必ず、

「お祖母ちゃんは、わしの母親やさかい、偉そうに言うな」と諭すように言った。

私の祖父はやはり網元であったが、ある日、土佐の甲浦で鯨をとるための船団の一艘として、鮪船を出航させた。その頃甲浦ではスペイン風邪が流行っており、祖父は帰宅後乗組員一人とそのスペイン風邪で亡くなった。その時祖母は二十八歳だった。

舅が長生きしたので、漁師はその後も続けられたが、祖母は四人の子供を一人で育てた。

私は父に、ひこずられて、裏の納屋まで連れて行かれた。ひこずられながら、私は、口答えはしたけれども、何も間違ったことはいっていないと思っていた。

私はその納屋が嫌いだった。納屋に入るとすぐのところに二メートル四方のセメントで囲った深い穴があった。その上に、厚手の木の板を何枚も渡して蓋にしていた。さつま芋を保存するための芋床で、穴の底にはたくさんの籾殻がしいてあった。

その年の六月頃、その納屋の戸を開けた時、なんとその芋床の厚手の木の板の蓋の隙間から、長い長い芋づるが三本も四本も這い出てきていたのを見たのである。

私はその中に入ると、心も体もその芋づるにぐるぐる巻きにされそうな恐怖で、思わず後ずさり、納屋の木の戸をしっかり閉めた。それ以来納屋の近くにも行っていない。

父は、その納屋に私を閉じ込めようとしていた。

私は父に、怒られていることより、その納屋の入り口まで這い出てきているであろう芋づるが、おそろしく、入り口辺りで、相当抵抗して泣いた。

しかし、閉じ込められたのは、その納屋の中の右奥にある八畳位の部屋だった。真っ暗なその部屋は、四枚の重い木の板戸で仕切られているので、まず、芋づるは入ってこないと思うと、少し安心した。

目がなれてくると、部屋の奥の方に雛人形を入れた長持ちがあり、そしてその横にお米の入った茶色の、大きな袋がいくつかあった。

そして目の前に大きな木の箱が三つある、その一つの箱は蓋が開いていて、いい匂いがする。インドりんごだ。私は、籾殻一杯の木箱の中から、インドりんごを一つ取り出した。そのいい匂いをかぎながら、甘い香りに包まれて、木箱にもたれかかって祖母が来るまで眠ってしまっていたようだ。

祖母と納屋から外に出ると、南天の葉が夕日に染まって少し揺れていた。

私は、祖母の腕を握り締めた。

次の日の朝から祖母は、仏さんにお供えした硬いご飯を食べるように言わなくなった。

釈迦堂の桜

村上　トシ子

「最後に、卒業生の皆さんにぜひお聞かせしたいお話があります。それは卒業生の一人である『佐々木みつさん』のことです。みつさんは卒業までの5年間、たった一人、本校の校則である木綿の制服着用を守り続けました。この誠実さ、質素こそ本校のモットーとするところであります。」

卒業証書を渡し終えたH女学校の校長先生は考え深げに言い卒業式を締めくくった。

当時の髪型である髪を肩まで垂らし頭に大きなリボンをつけ、木綿の和服に木綿の紫の袴姿のみつは、校長先生のこの異例とも言えるはなむけの言葉を戸惑いつつも、うれしく拝聴した。

これは私の母みつから、折に触れて聞かされた、大正も中頃の母の女学校の卒業式の風景である。

仙台のH女学校、母が大正時代に学んだ女学校である。鉄道も発達していない当時のこと、宮城のU村から女学校のある仙台へ遊学する人は皆無と言っていいほどであった。事実母は仙台行きの列車に乗るために駅まで人力車に乗って行ったそうである。当時のお嬢さんだったのだろう。

母が学んだH女学校はそんなお嬢さんたちが学ぶ女学校だ。校則はいろいろあったが、そのひとつ、制服は木綿の物と決められていた。だがそれを守る人はほとんどいない。誰もが絹制の着物を着て学んでいたとのこと。

そのような中、母一人だけがしばらくの間木綿の制服で通していた。が、さすがに恥ずかしくなり、父親、つまり私の祖父に、

「皆が絹の制服を着ていて、木綿の制服を着ているのは、私一人でとても恥ずかしい。私も絹の制服にしたい。つきましてはお金を送ってください」とお金無心の手紙、心を込めて書いた。今なら一日で着くのだが、当時はどの位で着いたのだろう。投函し終えて一日千秋の思いで待ち続けたことは容易に想像できる。

そしてやっと届いた待ちに待った父親からの便はなんとはがき一枚であった。はやる心で文面に目を通した。するとそのはがきには

「釈迦堂の桜の錦身に込めて赤き心で勉め励めや」

の短歌のみがところ狭しとばかり書かれてあったそうである。

釈迦堂、仙台藩四代藩主伊達綱村が生母・三沢初子の冥福を祈るために、元禄八年に建てられた持仏堂。昭和四十八年孝勝寺本堂脇に移された。釈迦像を安置する。

その伊達綱村が釈迦堂周辺に多数の桜をうえ、以来桜の名所となった。

この短歌の意味は私なりに解釈すると、校則をきちんと守り、釈迦堂の周りに咲く美しい桜、その桜の沢山の花びらをあたかも身に纏ったような豊かな気分になり、赤き心すなわち、嘘偽りのないありのままの心で勉学に励みなさい。学生の本分は勉学なのだからと言うことか。

このはがきを読んだときの母の気持ちはどのようだったのだろう。後年笑いながら淡々と話すのみだったから知る由もないが、推し量るに、大いに失望したのではなかろうか。何分一番お洒落がしたい十五、六の乙女だったから。

だが、このはがきを読んで以来、母は一度も絹の着物が着たいと言わずに、木綿の制服で押し通したそうである。そのことが卒業式での校長先生からの異例とも言える賛辞となったのだ。

母の父、つまり私の祖父にあたる人は、私が二十歳の時、八十八歳で亡くなった、当時としては長命の人と言えるだろう。村長か村議をやったとは聞いたが、仁徳家で通ったことは間違いない。

その祖父の、母から聞いたエピソードのひとつが釈迦堂のエピソードと共に忘れられない。

地主だった母の実家、使用人も多くいた。当然食事の時は大勢の人が膳を囲む。ある日にいつものように皆で食事をしていた。すると誰かが「味噌汁に味噌が入っていない、からつゆだ（私の記憶によれば味噌のはいっていない汁）」と言い出した。すると次々にそうだそうだと言い出した。皆が言ったが、たった一人祖父だけが、何も言わずに味噌の入らない味噌汁（？）をすすり終えた。

多分作った人への思いやりから、言わなかったのだろう。そんな祖父のことを中学の時に詩に書いた覚えがある。

老人と木

老人が木を植えている
八十過ぎの老人が
この木が成木となるまで
老人は生きられないだろう
老人がせっせと木を植えている。
未来を絶えず見続ける人でもあった。

母はお嬢さん育ちにも拘わらず、質素な人であった。しかし身を削って困っている人にはいつも手を差し伸べていた。そのことを私は多くの場面で見ていてその都度その都度子供心に深く留めてきた。

つらつら思うに母の質素さと堅実さはあの祖父からの釈迦堂の短歌に起因するのではなかろうかと思う。

そして時折その母の血を受け継いだ私はと自問自答することがある。そして時代も時代、あの時代の儒教のような精神（？）はとてもじゃないが守れたものではないと言い訳をする。それでも何処かに片りんが見られないかと探ろうとする自分があることも事実だ。

二〇二〇年桜シーズン到来、だが昨年はコロナウイルスで心から桜を愛でる気持ちにはなれない。があの釈迦堂の桜はどうなっているだろうと行ってみたい気がする。

そう言えば母が亡くなって三十年が経つ。

死ぬに死ねない思いを残して

熊谷　きよ

私は父も母も知りません。それは、私が生まれた昭和が戦争の時代だったからです。

父は、昭和十年、中国東北部の満州に「五族協和」「王道楽土」の国を創るという壮大な夢を抱いて、母と共に満州に渡り官吏になりました。私は満州の首都の新京（現・長春）で生まれました。

手元に、今も大切にしている家族揃って写っていた一枚の写真があります。

写真の裏には父が書いたのでしょう「昭和十七年二月十六日」と日付が記され、四人の名前が書いてあります。これから推察すると父は三十五歳、母は二十七歳、兄四歳、私は一歳半の頃です。父は兄の肩に優しく手を回し、私は母に抱っこされています。

この写真の一年後、私と兄は、叔母（父の妹）に連れられて、祖父母のいる福岡県の父の故郷に帰されました。妹を出産したばかりで、陸軍病院に入院している母と別れに行った時、母は兄と私の手を握りしめ「なんでも食べて、大きくなるのですよ」と、にっこり笑って言ったそうです。母のベッドの横には、赤ん坊の妹が眠っていたとのこと。

関釜連絡船で日本に帰される私たちに父は「かならず迎えに来るからね。オリコウサンニ、マッテイナサイヨ」と、何時までも手を振っていたとのこと。五歳の兄は、その時の母の笑顔と、父の言葉と、赤ん坊の寝顔を、今もよく覚えていると言いますが、二歳半の私には殆ど記憶がありません。その時が永遠の別れとなったのです。

昭和二十年八月十五日、その日、兄と私は祖母から祖父の部屋に行くように言われました。祖父は小さな村の村長をしていましたが、引退後、病の床についていました。しかしこの日は布団をたたみ、お座敷の床の間を背に正座していました。応接台の上にはラジオが置かれ、縁側には村の人たちが緊張した面持ちで並んでいます。何となくいつもと違う雰囲気に、私と兄は、祖父の前に身を固くして正座しました。

しばらくすると雑音交じりの放送が始まりました。何のことなのかサッパリわかりませんでしたが、周囲のただならぬ雰囲気から、何か大変なことが起こったのを、子供心に感じとっていました。

「日本が負けるとは……」

祖父が、応接台を拳で叩きながら肩を落とした時、祖父の白髪交じりのカイゼル髭から水滴が流れ落ちたのを、何故か不思議に覚えています。これが日本の敗戦を伝える玉音放送でした。

祖母に促されて、兄と私が痺れた足を引きずりながら台所に来たとき、祖母が突然膝を折り、私たちの手を握り締め、

「戦争が終わったとよ、もうB29も来んし、防空壕にも入らんでよか。そしてね、もうすぐお父ちゃまやお母ちゃまが帰って来なさるよ」

二歳半のとき別れてから、父母の帰りを待ちわびながら、何度あの家族写真を眺めたことでしょう。片時も忘れたことがないお父ちゃま、お母ちゃまが帰って来なさる……、抑えても抑えても湧き上がってくる喜び。この思いが逃げて行かないように、しっかり胸に抱きしめて寝床に入りました。忘れられない八月十五日の夜のことでした。

祖父は敗戦の痛手からか、急に病状が悪化し「武俊はまだ帰って来んか」と、息子の安否を気遣いながら、奇しくも一年後の八月十五日に永眠しました。

待っても待っても帰って来ない父と母。音信不通のまま時は流れていきました。

いつの頃だったか、叔母が父から聞いたという母の最期を、話してくれました。母は、私たちを日本に帰したあと、一ヶ月も経たずに亡くなったそうです。

その日、父は大演習のため、奉天へ出張していたとのこと。母の病状が急変し、病院からすぐ父に電報が打たれました。母は「主人は未だでしょうか。未だでしょうか」と、待っていたそうですが、それから後は泣くばかりで、看護婦さんに、そんなに泣かれると体に障りますよ、と注意を受けても、声を殺して泣いていたといいます。

父が駆け込んできたとき、看護婦さんが、あと十分早かったら……と。まだ体にぬくもりのある母を抱きしめて父は、この時ほど広大な大陸の満州を恨んだことはない、と言ったそうです。幼い私たちを残し、死を予感した母は、父に言い残したいことが、山ほどあったに違いありません。享年、二十九歳でした。

赤ん坊だった妹は、父が靖国神社の靖をとり靖子と命名。母が亡くなった時、まだ三ヶ月だった妹は、父の同僚の方に養女として貰われたとのこと。その後どうなったのか……。旧満州の会合には写真を持って各地に出向き、残留孤児のテレビ放映は、もしやとの思いで逃さず見入り、昭和六十二年には、兄と二人で中国に行き、養父母と妹を探し回りましたが消息はつかめませんでした。もし生きているとすれば、七十六歳です。

父の戦死の公報が入ったのは昭和二十七年、私が中学生の時でした。遺骨も何もない、紙切れ一枚の知らせ。

「昭和二十一年二月三日　通化事件にて犠牲死　享年四十一歳」

戦争が終わって、半年も経って何故、死なねばならなかったのでしょう。通化事件とは犠牲死とは……。玉音放送を聞いたあの日、父は確かに生きていたのです。私は、今なお信じられず、何処からか、ひょっこり「ただいま」と帰って来そうな気がしてなりません。

居間の書棚の上には、若々しい父と母の写真と、私たち家族で写った新京時代の写真が飾ってあります。祖母は毎朝、陰膳を据え「長男武俊の武運長久を祈ります」と念仏のように唱えていました。

父の葬儀が行われたのは、昭和三十一年、私が高校生の時でした。父の墓標に誓いました。

「お父さん、私はいつかきっとあなたの死の真実を突き止めます」


父の死の真実を追っての旅は悲しく辛いものでした。

当時の満州は、蔣介石率いる国府軍と、毛沢東率いる共産軍との内乱状態にありました。父は、敗戦後の混乱のなか、官吏としての責任感から、一人でも多くの日本人を祖国に帰すため、身命を投げ打って、東奔西走していたその最中、当時の官吏や警察官など約百二十人が昭和二十一年一月十日、突然、共産軍に捕らえられ憲兵隊の留置場に監禁されたとのこと。

その父たちを助け出そうと、二月三日、藤田大佐を頭に在満の男たち約千人ほどが竹槍、棍棒などで蜂起したのです。国民党が武器や戦車を繰り出し応援するという約束を信じて。しかし応援はなく殆ど全員が殺されたそうです。

通化地方で起きた通化事件は「二・三事件」とも呼ばれ、父たちは、蜂起と同時に監禁されていた部屋で一人残らず銃殺されたそうです。零下三十度の極寒の中、カチカチに凍った死体は鴨緑江の上流の渾江に投げ捨てられたとのこと。

帰ろうと思えば、帰れたはずの父でした。家族よりも、自分の命よりも、大事なものがあったのだろうかと、私は父を恨んだこともありましたが、自分の志に殉じたのでしょう。収監された部屋で父は、私たち家族と暮らした日々のことを、思い出していたことでしょう。そして銃口を向けられた瞬間、きっと私たちの顔を思い浮かべてくれたと思います。幼い私たちを残したまま、死ぬに死ねない思いを抱いて逝ったにちがいありません。

私は今、大刀洗平和記念館で朗読部会の仲間たちと、平和を願って自作の詩を朗読しています。

かけがえのないたった一つの命。愛する者のために、生き抜くことが出来る平和な世の中を心から願いつつ……。

いまだに行方の分からない妹への想いを込めて詩を朗読させて頂いています。

妹よ

「ワタシハ　タレナノカ　オシエテ　クタサイ」
白髪の目立つ　残留孤児といわれる人の　訴え
重なる妹　そして私
「王道楽土」の夢を　追い
中国東北部「満州」といわれた
今はなき国へ
渡って行った　父と母
そこで生まれた　私たち

戦争が終わるころ
父母は　乳飲み子のあなただけは　手元において
日本の祖父母のもとに　帰された兄と私

行方不明のまま　時は流れ

父の戦死の公報は　私が中学生のとき
戦争が終わり　半年も経って起きた
「通化事件」で　殺されたと言う

別れたとき　赤ん坊だった　妹よ
あなたは　日本人であることを
「靖子」という名前が　あることを
そして　兄と姉がいることを　知っていますか
王道楽土の夢に消えた　父と母
未だ　行方のわからない　妹よ

あなたの縁《よすが》は　たった一枚の写真のみ
今も私の心に生きている
妹よ

私の旅は　終わらない

疎開

勝沼　功

1

「おんし、何処《どこ》から来た」

ぼくが疎開先で最初に耳にした言葉が、これであった。ぼくは吃驚《びっくり》した。「おんし」などという言葉を聞いたのは生まれて初めてであったからだ。

しかし、相手はぼくに対してことさらに威張《いば》った態度をとっている様子でもないので。

この大井の町では「お前」を「おんし」と言うのだろうと、ぼくは何となく察した。

それにしても、「おんし」と言う語呂《ごろ》は老人臭くて、滑稽《こっけい》に思えた。

「名古屋からだ」と返事をすると、相手は浮かぬ顔をして、

「そうか」とだけ言った。

相手の表情からして、彼が名古屋という町が何処にあるのか、全く知らぬのだと察すると、ぼくは妙な優越感《ゆうえつかん》が持てた。

だけど、ぼく自身、自分の住んでいる所が名古屋という都市だと知ったのが、僅か半年ほど前であるに過ぎなかったのだから、余り威張れたことではなかった。

「おんしは大井へ遊びに来たんか。名古屋には何日《いっ》戻るんか」

相手はどうも疎開どころか、戦争のことも知らない様子である。ぼくが町から田舎へブラリと遊びに来たのだと思い込んでいるのだ。

「ぼくは名古屋の長塀町という所に住んでたんだが、空襲《くうしゅう》の時に家に焼夷弾《しょういだん》が落ちて焼けちゃったもんで、大井へ疎開して来たんだ」

「ふうん、そうか」と相手は又もや浮かぬ表情をした。彼はぼくの言葉が殆ど理解出来ぬようだ。とは言え、ぼくのような新参者《しんざんもの》に、それはどういう意味かと聞くのは如何《いか》にも腹立たしいので、彼の得意の「そうか」で誤魔化《ごまか》した心算《つもり》らしい。

疎開先の親籍《しんせき》の家の前で、少年達の頓珍漢《とんちんかん》な会話がその後も続き、お互いに何となく、こやつとならば付き合っても良いように感じた。

兎に角、彼の名は「ヨッチャン」といい、二日後に始まる新学年から二年生になることまでは判った。つまり、ぼくと同学年というわけだ。彼は得意気《とくいげ》に言った。

「わしが、おんしを学校へ連れてってやるから心配せんでええ」

早速ぼくは彼に安堵《あんど》の表情を作らねばならなかった。

彼は新しい子分が一人増えた喜びで顔面を紅潮《こうちょう》させ、家へ吉報《きっぽう》を知らせるために、飛ぶようにして帰って行った。

ぼくは、この単純そうな親分《おやぶん》と盃《さかずき》を交《かわ》す覚悟《かくご》をした。

2

ぼくは昨日の夕方、二人の兄と二歳下の妹と一緒に、寿司詰《すしづ》めの汽車を土岐津《ときつ》駅で乗り継《つ》いで、四時間がかりでこの大井の町までやって来たばかりであった。

五日前、正確に言えば昭和二十年三月二十五日未明《みめい》の米空軍の空襲で、母はあっけなく爆死《ばくし》してしまった。そして祖母は行方が判らなかった。

ぼくと四つ上の兄は隣組《となりぐみ》の警防団《けいぼうだん》の人に連れられて東白壁国民《こくみん》学校の薄暗い講堂に入り、死んだ母に対面した。

講堂の床には五十体ほどの遺体が上を向いて合掌した状態で埋めつくされていた。

二人共、気が動転していたのであろう。一巡《いちじゅん》しても母は見つからなかった。促《うな》がされて二巡目に、入口の最初の遺体が母であることが判った。

兄は立ったまま激しく泣き続けたが、ぼくは何の感情の高まりも覚えず、兄の表情をポカァーンと眺めているだけだった。

母の死はどうしても、ぼくには実感として受け入れることが出来なかった。

母は絶対に死なないはずだった。

母の死は嘘《うそ》であり、必ず偽《いつわ》りであって、今の母は眠っているだけであり、明朝になれば必ずぼくを優しく起こしてくれるはずであった。

3

父は中支《ちゅうし》へ出征《しゅっせい》していたが、半年近く何の便りもないようであった。

ぼくには八十才に近い祖父がいた。

祖父は今は隠居《いんきょ》の身だが、昔はれっきとした陸軍の軍人であり、日清《にっしん》・日露《にちろ》の両戦争を戦い抜いた自慢話を機会ある度に孫達に語って聞かせるのが楽しみのひとつであった。

そんな祖父であったから、今度の戦争のように敵国から本土を空襲されるなどということは、いくら時代の違いとは言え耐えられない屈辱《くつじょく》だった。

昭和十九年の十二月十三日の初空襲以来、日毎《ひごと》に空襲も激《はげ》しくなり、家族が防空壕《ぼうくうごう》へ潜《ひそ》む回数が多くなったが、祖父だけは絶対に壕へは入らなかった。

それどころか、B29が飛来すると祖父は家の外へ出て空を見上げて敵機を睨《にら》みすえているらしかった。

元軍人が阿呆《あほ》らしくて敵に後ろなど見せられるか、ということであったらしい。

しかし、幼いぼくの乏しい知識の中で今の戦争というものは、童話の桃太郎の鬼退治ぐらいの想像しか出来なかった。

猿蟹合戦や狸の泥舟の話は単なる喧嘩に過ぎないと思っていた。

そのうちに、ぼくの頭の中で現実と物語が重なり合って、今戦っている戦争は、日本が桃太郎で、アメリカや支那が赤鬼や青鬼に違いないと思い込むようになった。

それならば、空襲に飛んで来るＢ29や戦闘機《せんとうき》（艦載機《かんさいき》）には、きっと角《つの》を伸ばした鬼が乗っているだろう。ぼくは、それが本当かどうか確かめたくて矢も楯もたまらず、遂に二月の空襲で、芳野町の師範《しはん》学校の校庭へ逃げた時に、大人の眼を盗んで防空壕から一瞬顔を突き出して、低空飛行の米機がサーチライトに照らし出された瞬間を見ることが出来たが二人の顔は人間であり、角などは全く無かった。

それでも、ぼくの頭の中は依然《いぜん》として、敵が悪いことをして、日本がそれを成敗《せいばい》するために戦っているのだという、桃太郎の童話的思考《しこう》から一歩も抜け出てはいなかった。

4

新学年の始業式の日、ぼくと六年生になる努兄さんは、五年生になる又従姉の一枝《かずえ》さんに連れられて長島《おさしま》国民学校へ登校した。

春の暖かい陽光が田圃《たんぼ》の一本道をふんわりと照らし、澄みきった空気が辺り一面に漂っていた。それはぼくにとって初めて見る美しい気持ちのいい風景であった。

家から学校までの道程《みちのり》は八百米ほどで西へ真直ぐに延びていた。

その田圃の一本道は登校する児童達でずいぶんと賑《にぎ》わしかった。

学校はその道の南側に校庭が面しており、木造平家建《もくぞうひらやだて》の古い校舎が校庭の奥の一段高い所に建っていた。さらにその奥に高等科の校舎が建っていた。

校庭の周りには沢山の大きな桜の木が小さな蕾を付けて開花の準備を始めていた。

校庭は久々に友達と元気に遊ぶ学童達で溢《あふ》れ、甲高《かんだか》い声の塊《かたまり》が校庭の青空一杯に反響していた。

ぼく達は登校するとすぐその足で職員室へ連れていかれ、新しく担任になる先生に引き渡された。ぼくの担任は眼鏡をかけた優しそうな若い女の先生であった。

名前は水野といった。

暫《しばら》くして、暗い講堂で始業式が始まり、校長先生の長い話が続くと、ぼくはソロソロ嫌《いや》気《け》がさしてきた。

丁度《ちょうど》小便がしたくなったので、便所へ行こうと思い後ろの出口まで来た時、出入口に立っていた男の先生が恐《こわ》い顔でぼくを睨《にら》んで、

「便所は式が終了するまで我慢《がまん》せよ」

と言って、手で戻れ戻れと合図《あいず》をした。

ぼくは仕方《しかた》なく席へ戻り、暫くして校長先生の話がやっと終わったと思ったら、又次の先生が壇上に上がって話し出した。

その間《あいだ》に、ぼくの膀胱《ぼうこう》は膨《ふく》れあがり、初めての登校という緊張《きんちょう》も手伝って我慢が出来なくなり、ぼくは立ちん坊の状態でその場に放尿してしまった。その瞬間は本当にすっきりとして気持ちが良かったが、周囲に居た児童達が驚いた。

何しろ、熱心に先生の話に耳を傾けていたら、突然足の裏が妙《みょう》に温かくなって、変だと思って足元を見たら、張りつめられた床板の上が二米《メートル》位の円を描いて水浸しになっており、その辺りが急に小便臭くなったのだから。

「先生、誰ぞが小便垂《た》れたで、臭《くせ》えや」

その声で、周囲が騒然《そうぜん》となった。

「おお、臭えや」

尿の輪から皆んなが飛んで逃げたので、ぼく一人が輪の真《ま》ん中《なか》に取り残されて、恥ずか

しさで動けなくなり、俯《うつむ》いていたが、何だか胸が押さえつけられるような、身体中が震えるような感じであった。

驚いて駆けつけた水野先生の顔を見たら、ぼくはなぜだか急に悲しくなって、大粒の涙をポロポロと流してオイオイと声を上げて泣き出してしまった。

水野先生は一瞬戸惑《とまど》ったが、臭い水溜りの後始末《あとしまつ》を他の先生に頼むと、ぼくの手を引いて講堂の外に出た。

ぼくは濡《ぬ》れ雑布《ぞうきん》のような感触《かんしょく》のパンツと長靴下に肌をむず痒《かゆ》く摩《さす》られながら、モソモソと長い廊下を連れていかれた。

水野先生の温かい手に、ぼくは少しだけ母が死んだことを感じ始めていた。

とってもとってもいいこです。

山本　真里

まりちゃんはね、とってもとってもいいこです。

まりちゃんはね、とってもとってもいいこです。


この曲は父が私のために作ってくれた歌だ。

なんとも単純な、同じ旋律が2回繰り返されるとても短い歌だ。

日曜日の昼下がり、小さな団地の狭い部屋に所狭しとおかれたアップライトのピアノの椅子に腰をかけた父。

そしてその父の膝の上は私の特等席だ。

ピアノなど習ったこともない、太くて短い不格好の父の指が
ポロンポロンとピアノの鍵盤を鳴らす。

ポロンポロンと小さな私にはとっても心地のよいやさしい音が胸にひびく。
そのピアノの音に合わせて父はやさしくやさしく、本当にやさしく歌う。

私には3つ年上の姉がいる。
姉が生まれたことは父にとってこの上もなく人生最大の喜びだったことがわかる。
嬉しさのあまり、また母への感謝のあまり、誰もが喜び涙するようなりっぱな歌を
人生で初めて作詞作曲した。

父が他界した時も、この曲で送りだしてあげたいと家族で話し合い葬儀屋さんに頼んで
演奏してもらった。父の代表作だ。

小さかった私は、気づくと姉の誕生とともに作った歌を一緒に歌っていた。
父の仕事が休みの日曜日の昼下がりは、父が大好きな音楽が流れる家だった。
クラッシックから歌謡曲までいろんな音楽が流れた。父は指揮をしたり、歌ったり

とってもとってもいいこです。


それはそれは楽しそうだった。

そして、自身で作曲した歌もいつも歌っていた。

父は、ギターができるわけではないし、ピアノができるわけではなかったから楽譜がなかった。

私たちはいわば父の語り伝え、いや歌い伝えでしかわからないその曲を家族みんなで歌っていた。


幼稚園くらいだったと思う。

私は自分の曲がないことに気づいた。そして父に言った。

私の曲も作って！

父は嬉しそうに、ピアノの前に座り、私を膝の上にのせピアノの音を探しながらその場で作ってくれた。


私は、自分の曲ができたことの喜びよりも姉の曲とくらべて、なんとも簡単で幼稚に聞こえたことを覚えている。

こんなの嫌だと駄々をこねる私の頭をやさしくなでながら父は何度も歌ってくれた。

真里ちゃんによく似合っている曲だよと言いながら。

それからは、毎週父の膝に座ってこの曲をねだった。

父は喜んで、何度も何度も歌ってくれた。

やさしく、やさしく、お姫様を扱うように、とてもやさしく。


時が経ち、私も大人になった。

社会に出た私は、おそらく社会の荒波に飲み込まれ自分を見失った。

振り返れば、これでもかというくらい自分に厳しく、ないがしろにする人生だった。

我慢して当然の人生だった。

もちろん、自分で勝手につくりあげた思い込みの世界なんだけど。

社会人になり、結婚をし、子供を産み、大病をし、そして今は離婚前別居中だ。

自分の人生を振り返るにはまだ早いし、人生を波乱万丈なんて言葉で作り上げるなんてちゃんちゃらおかしい。


ただ、今思うことがある。

もっと、自分にやさしくしてあげたいなと。自分をやさしくあつかってあげたいなと。

それが、この世に送り出してくれた両親への最大の恩返しであるのだなと。

とってもとってもいいこです。

小さかったあの頃、父の膝の上で感じたやさしさ、ぬくもり、あたたかさ。
大事に大事に、ていねいにていねいに私と向き合ってくれた父。
あの、短い歌を口ずさむたびに、あの心地を思い出す。
そして、自分につよく誓う。
自分を大切にしよう。そして、やさしくあろうと。

まりちゃんはね、とってもとってもいいこです。
まりちゃんはね、とってもとってもいいこです。

だいすきだった父へ。
最愛の娘、真里より感謝と愛をこめて。
ありがとう。

2020・5・13

自分を重ね　いとおかし

凌霄花

歩道と地続きに広がる畑に、蛇行する二本の轍《わだち》が愛おしい。どこでどうして道を踏み外したのか、数メートル行った先で動転し、急ハンドルで戻ろうとした形跡がある。けれども、すんでのところで数センチの段差に阻まれ、叶わなかったようだ。土の上のダイナミックなクレーターが、それを物語る。翌日、会社帰りに学童を出た息子と合流し、そこを通った時には、きれいに耕された後だった。

「ねえ、お母さん。耕した畑と、耕していない畑、何が違うの？」

と聞かれ、こう答えた。

「たがやいているか、たがやいていないかの違いじゃない？」

息子は笑った。

「かがやいているか、かがやいていないかの違いでしょ？」

「正解！　じゃあ、お母さんも質問。最初からきれいに耕された人生と、これから自分で耕していく人生、どちらがステキでしょう？」

「何言ってるの？」

　立ち止まり、道端に茂るススキよりも首を傾げた息子を前に、小学生にする質問ではなかったと苦笑し、大人になれば分かるさと、夕陽で汗ばんだ頭を撫でた。

　私の人生は、二十歳過ぎまで順風満帆だった。中学で所属した理科クラブでは全国一、高校で所属した放送部では全国大会連続出場を決めた。それらの成績のおかげで推薦入学できた都内の大学では国家資格を手にし、何不自由ない毎日を過ごしていた。しかし、社会人になってから風向きが変わった。首都圏と決まっていた勤務地が、入社式当日に変更になったと告げられ、縁もゆかりもない地方の山奥の工場へと追いやられた。体力勝負の現場は男性ばかり。半年の期限付きと言われて何とか耐えようと思っていた矢先、人手が足りないので三年間留まるよう指示された。これまで、石にかじりついてでも努力して、何かを手に入れてきた経験など無かった私は、ぽっきりと心が折れ、一年足らずで会社を辞めた。その後は都内に戻り、資格を活かしてコツコツと働くも、病んだ心を抱えたままの状態で乱暴な男につかまり、結婚、妊娠、出産を経て四年で離婚。息子を連れてＤＶ避難した日から、もうすぐ四年になる。

　紆余曲折あっても、人は守るべきものができると、途端に強くなる。避難してからの私は、これまでの世間知らずのお嬢様ではなく、健康的で逞しい女性へと進化した。精神的にも、肉体的にも。がむしゃらに働き、猛勉強で新たに資格を取り、三十歳で課長を任され、二年が経った。まだまだ未熟者ではあるが、前向きに言えば伸び代だらけの私は、たくさんの収穫を目標に、日々、部署という名の畑を耕し続けている。

落ち着いて周りを見渡すことができるようになった今、様々なものに愛着を抱くようにもなった。先ほどの轍も然り。一見、脱線した人生の軌道修正は、容易ではないことを示しているようでも、翻って考えると、そもそも人生に道などなく、結果的に残ったものが道となる、という捉え方もできる。詩人で彫刻家の高村光太郎先生が残した名句「僕の前に道はない。僕の後ろに道は出来る」を思い出し、状況の落差に笑いながらも、しみじみとした気持ちになった。必死で足掻いて、それでもダメで。応援したくなるようなあの跡が、見つけた翌日には姿を消してしまったことに、些《いささ》かの寂しさを感じたほどだ。

近頃、心を奪われて止まないのは、苔《こけ》生《む》した幹に数輪だけ生える、可憐な桜の花だ。青空を彩る一叢をよそに、王道を歩まずとも、控えめに、しかし凛と咲き誇るそれは、私が目指したい人生そのものである。

この歳になって、将来の夢が出来た。いつか必ず、私と同じ経験をした人たちの力になりたいと思い、本を書く練習や、カウンセリングのための心理学の勉強を始めた。月に一度、第三者機関の職員に付き添いを依頼しながら、息子と元夫が面会交流をしており、その時間を有効活用しようと考えた。機関に預けた後、近場の喫茶店に移動し、ただ落ち着かない気持ちで待つよりも、何十倍も価値のある時間に生まれ変わった。そして、周りの景色が、想像以上に美しかったことにも気づいた。寺院や通りの木々、草花が見せる四季折々の風景に、こんなにも心が癒されるとは。たがやいている、いや、かがやいている自分でいるために、これからも道すがら出逢うであろう「いとおかし」を愛でながら、実り多き人生となるよう、私らしく日々を耕していきたい。

みなと祭り

竹内　裕子

昨年の6月、故郷で一人暮らしていた父が肺がんを患って亡くなった。母は、自己中心的な性格の父との生活で心身ともに不調をきたし、療養のため父と離れて私のもとで暮らしている。

そんな事情により、数年前に父が心不全を発症して入院するまで、一人で身の回りのことや外出ができる父に会いに行くことは、ほとんどなかった。私自身も、幼いころから家族に威圧的だった父と距離を置きたかったからだ。しかし、父の入院をきっかけに、時間が急に過去へ遡り始めた……。

その日、ほんの少し前まで、私は日常の中にいた。介護の仕事を終え、いつものスーパーで買い物をし、家路を急ぐ。その途中で、無理やり過去の自分に引き戻されるような感覚に陥った。

故郷にある病院からの電話で、父が入院したことを知らされたのだ。

「ご家族どなたかに来ていただきたいのですが……」

電話口で看護師さんにそう言われたとき、「家族」という言葉が頭の中で空回りした。

3時間ほどかけて、ようやく病院に着いたときにはもう夜の10時半を回っていた。父の状態は入院時よりかなり落ち着いており、命にも別条はないとわかった。看護師さんから、「明日、主治医から詳しい病状の説明がありますので」と聞いた。

久しぶりに会う父は、ずいぶんやせ細り、かなり年老いて見えた。しばらくして、父が目を覚ました。様子を見に戻ってきた看護師さんが、「娘さんが来てくれましたよ。良かったですねぇ」と父に声をかけた。父はすぐに私とは気付かなかったのか、少し間があって、「おぉ、裕子か……。悪いなぁ、遠いのに」とかすれた声で言った。

父のやつれた姿を見て哀れに思ったからか、穏やかに父と話せる自分にホッとした。ぎこちない会話だが、しばらくぶりだから仕方ない。

しかし、「それでなぁ、裕子」と前置きするように呼びかけてから、父が急に饒舌になった。さっきまでの、声を出すのもしんどそうな父とは別人みたいに、家から持ってきてほしいもの、買ってきてほしいものを、あれもこれもと次々に細かく指示し始めた。私の心が、ざわざわと波うち始めた。

夜も遅く、病室には他の患者さんもいる。このまま話し続けるのは迷惑になると思い、

「わかった、とりあえず明日また聞くから」

と父の話を遮った。その瞬間——。

父が険しい表情で、「何?」と聞き返した。その顔が、言い方が、声が、家族の誰も自分に逆らうことを許さなかった、昔の父と重なってギョッとした。私はひどく動揺し、「とにかく明日また来るから」と言い残して病室を出た。息苦しかった。父は昔から、何も変わっていない……。

私が生まれ育ったのは、瀬戸内の小さな港町。家の前は浅瀬の海で、父は、その海の近くで飲食店を営んでいた。母も一緒に働いていたが、私が幼いころから父と母はケンカが絶えず、家の中は常にピリピリした空気が流れていた。何か気に障ることがあると父は、母を怒鳴ったり、それを止めようとする私に「子どもは黙っていろ!」と怒った。突発的に母が家出することも何度もあった。母に置いて行かれた私は傷つき、理不尽な言動をくり返す父を憎んだ。家族は皆、父の顔色をうかがい、家の中は気持ちが安らぐ場所ではなかった。家族そろって外出したこともない。

そんな家庭環境でなければ、故郷は愛すべき場所だった。目の前に広がる、晴れた日にはキラキラと輝く穏やかな瀬戸内の海。一日に何度も貨物船の往来があり、波立つ様子を窓から眺めるのが好きだった。ときには遠くに大きな船が泊まっているのも見え、あの船は、いったいどこから来て、どこへ行くのだろう、と想像するだけでワクワクした。そして、年に一度開催される大好きな「みなと祭り」。

海上から打ち上げられる、迫力満点の大きな花火。屋台もたくさん出て、仮装パレードで町中がにぎわう。近くの島々からも大勢の人が上陸し、普段静かな町が一変して華やぐのだ。

しかしいつのころからか、祭りの最終日の夜は決まって、父が荒れるようになった。祭り客で店が忙しく、その疲れで気が立って酒の量も増えるからだ。店を閉めてから、父と母が激しく言い争う声が聞こえてくると、私は自分の耳を力いっぱい両手でふさいで、ひたすら時が過ぎるのを待った。

そんな生活で、自律神経のバランスを崩したのか、私は強いストレスや不安を感じると、下痢や吐き気をくり返すようになっていた。

高校を卒業すると同時に、学生寮がある大阪の短期大学に進学した。とにかく家を出たかった。父と離れたかった。そしてそのまま大阪で就職し、学生時代に出会った、父とは正反対の穏やかな性格の夫と結婚した。40代半ばで乳がんを発症し、手術を受けたが、夫と2人の娘たちに支えられ、つらい治療を乗り越えることができた。そして今も、乳がん再発防止のための治療を続けている……。

父が心不全で入院した日以来、足が不自由な母に代わって、心臓のカテーテル手術や検査、退院後の受診付き添いのための帰省が続いた。いったん回復して元の生活に戻った父に、今度は一昨年の春に肺がんが見つかった。心臓に負担が大きいため、積極的な治療は困難な状況だった。

父が亡くなる前、病室で眠る父に、衝動的に聞きたくなったことがある。

「お父さん、お父さんはあの家で何がしたかったの？　どうしていつも怒っていたの？」

でも、結局最後まで聞けなかった。父が、「何のことや？」と怪訝な顔で聞き返してきそうだったから。それほど父は、家族がずっと理不尽に感じていたことなど知ろうともしないように思えた。

父が亡くなってから、もうすぐ一年。様々な事情により、父の住まいの片づけは進んでいない。今年に入ってからは、コロナウイルスの影響で、ますます身動きが取れなくなった。

緊急事態宣言が解除された今、父の住まいを訪れ、再び過去の自分と向き合う日も近いだろう。それでも、これからの日々はもう過去の感傷にとらわれず、「前に進む」と決めている。

故郷の初夏の風物詩「みなと祭り」も、今年は中止されると知った。来年は、来年こそは、家族と一緒に行ってみようか……。長年、心情的に行けなかった祭り。本当は大好きな祭り。

父亡き後、その理解しがたい存在が、自分に与えた影響の大きさに驚いている。故郷の懐かしい海風は、父の代わりに何か私に答えてくれるだろうか……。

小さな抵抗と

まつうら　まさお

初めて謄本を手にしたのは、十三歳八ヶ月で国鉄に就職が決まって、本籍地から送付してもらった時であった。

父親とは、物心付いてから、何回か出合っていたが、母親とは、生後二十七日目に手離されたという。謄本を見て母親の氏名、続き柄など知った。驚いたのは、続き柄が『庶子』とあった。辞書には、父親のみが認める子とあった。もっと驚いたのは、入籍が生まれて七年目の三月十九日で、小学一年の入学する年。それまでは、無国籍者だったわけだ。

小学校を三度転校していた。三度目の転校は四年生の時。その家の父母が、駄菓子を製造販売していて、小学二年生の女の子一人だけで、養子としてであった。

一年も過ぎない日。男の子が生まれた。だからなのか。未だに戸籍には、掲載されてはいない。それからの私の生活は、男だからの理由でいっ変した。

五時には、起こされかまどに火を付けて、釜の米を炊きながら、店先や台所などの清掃。生まれた男の子のおしめ洗い。前日の風呂水を抜いて、桶、洗い場の清掃などをやり終えないと、登校をも許してくれなかった。帰って来てもであった。近所の人の中には「正雄さんの罰が、何時か当たるよ。——」と、聞かされたことも何回かあった。

当時は小学六年生までが義務教育で、六年生からは、中学校への受験入学か、尋常高等二年生までの無試験入学かであった。両方とも授業料が必要だった。六年生で止める予定をさせられていたが、担任教師が父母を説得してくれて高等校への入学になった。家への手伝いは、より大きく重くなった。

一年生の中頃になって、菓子の原料の配給制や入手が困難になった。と同時に義父が、軍事工場へと徴用された。義務ではないと、学校を一年修了時点で止めさせられた。

義母の知人の世話で、国鉄への就職が決まって、国鉄の独身寮へも転居した。朝、夜の食事は、米粒を探すのも難しい野草など入りの雑炊が丼一杯のみ。昼食は、油を絞った大豆粕や麦の七・八割り入りで、弁当箱に透き間が出来る量であった。食べても直ぐに空腹。夜、床の中で掛け布団が、重い程であった。

空腹に耐えられず、寮外の畑から南瓜や甘藷を盗んできて、寮の電熱器で茹でたり、蒸して、一時凌いでいた。畑の持主に見つかって、顔が腫れ上がる程殴られたこともあった。それでも、空腹には勝てず、何回も繰り返した。

寮生活をしながら、判ったことがあった。何ヶ月か前から、軍事関係設備や都市への連日のアメリカ機の空爆で、破壊され焼野原になっていることだった。入寮して二ヶ月余が過ぎた夜。けたたましい空襲警報が鳴って起こされた。慌てて寮外にあった防空壕へと飛び込んだ。すでに何人かが入っていた。暫くして眠ってしまっていた。目覚めると、何人かが消えていた。壕から出ると、寮の一部から火の手が上がっていた。壕内の寮生を起こした。「海の方へ逃げよう。」と。しかし、海の方は赤く焼かれていた。それでも海の方へと歩いていると、大きくはない川があって、多数の人々が川の中を海の方へと歩いていた。川の中を歩き歩き歩き続けた。火のない海岸線へと辿り着いた。人、人の群れだった。夜が明けてきた。明けるに従ってかのように、不思議に火柱が収まってきた。来た川を戻り出した人の中に混じって、時間をかけて寮まで来たが、くすぶっているだけで、跡形もなくなっていた。呆然でしかなかった。

仕方なしに職場へと向かった。少し歩くと、蹲《うずくま》ってしまった様相が続いた。母親が子どもを庇うかのようにして、変色した背中を見せての亡骸や、男女の区別さえ出来ない亡骸が、とめどなくあった。どうにか着いた職場も、焼け跡だけだった。私よりも早く来ていた先輩が何人かいた。言葉すら出なく俯いていた。一人の先輩が「お前と同僚のAさんが、あそこに……」と、指さした。目先を向けても判らなかった。「あそこだよ。行ってみろ。」「ええ」返事して行った所には、手も足も首までもない黒い固まりだった。

その夜、急造の掘っ立て小屋で、一人だけでの通夜を命ぜられた。朝までの時間がこんなにも長く感じたのは、十代の私には初めてだった。朝令で、「昨夜は、御苦さんでした。今日は、私の持ってきた自転車で、在所へでも行って、ひと晩宿ってくるといい――。」職場長の温かい言葉だった。

在所といっても、貰われていった先の謄本には載せられていない義父母の所。空爆前に山の村へと移っていた。五十数キロメートルへ移っていた。

自転車に乗ってというよりも、漕ぐようにして汗の中、三時間余かけて着いた。声を掛けてくれるよりも、面倒臭いかのようであった。しかし、腹一杯ではなかったが、麦、米半々の飯を食べさせてくれた。気分がよくなり「空襲で、やられちゃったから、薄い布団でも貰えないかな？」と。即答で「前の家はそのままで、越してきたから、やる物はない――」と返ってきた。驚きというより淋しさが胸を抉った。「泊まっていっても……」いわれはしたが、「明日は仕事だから」と、振り切って、又、五十数キロメートルを漕いで、漕いで掘っ立て小屋へと帰ってきた。落ち着くと、（生母だったら――）涙がこぼれた。

翌日、私を見た職場長から「これからの生活場所は……」と手配をしてくれていた。空爆を受けていなかった国鉄の設備の一つであった。朝鮮から国鉄へ徴用されてきた十数人と、監督者が生活していた。言葉が通じにくかったが、二、三日で仲良くなった。

八月十二日から一週間、列車で二時間余かかる所。機関車、車輌などの修理、製作をする工場の空爆跡の修理に行っていた。十五日の朝令で「十二時から、重大な放送があるのでラジオのあるこの部屋に集まるように」であった。

放送が始まって、一、二分で泣き声を上げて蹲る人が何人もいた。私には何が何だか判らなかった。〝日本が敗けた〟と、知ったのは先輩からだった。声が天皇だったことも。その日は仕事を止めて、倍近い時間で帰り着く。夜、朝鮮人達は「これで帰れるに違いない。」と、笑顔で大いに喜んでいた。その後、夜が明かりのある明るさになって、空腹でも気持ちが軽くなって、嬉しくもあった。

日々を重ねるにつれて、焼け跡には、大小様々の掘っ立て小屋が乱立し、むしろや布を敷いての物売りが並んで、人の群れが激しくなった。

十四才になって（昭和二十年七月）いたずらしていた煙草が、止められなくなった。空腹時にでも、煙だけでも吸わずにいられなくなった。手製の煙草でも高価で、いたどりの葉、茶葉、松葉まで吸った。道路の吸殻を血眼で拾っていた。二十歳になっていなかったから隠れるようにしてだ。

それから数年が経って、国鉄など国営事業の人員減の定員法の施行。朝鮮戦争などが国土にも覆い被さった。私も労働組合や政治に目先だけではなく、足元をも抉られ、集会への参加、書物もむさぼり読むようになった。

何時しか二〇一九年、敗戦後七十四年になってしまった。首元だけでなく、生活の芯にも、かっての匂い色彩まで充満してきた。先日読んだ物の中に《アメリカは、平和の為に広島へ原爆を投下した。》と、当時の大統領が公言した、という中味のものがあった。

陸海空三軍完備。武器持参での海外派兵。総指揮官である安倍首相。赤絨毯で堂々と『憲法改正』をと。広島平和大集会でも「平和」をと谺させている。大統領そっくりだ。

〝憲法〟での平和は、〝銃一丁と雖《いえど》も、持たない。持たせない。〟があって、今日までの平和があるのだと、すでに八十八才、米寿を超したが、小さな抵抗でも、叫ぶ。ペンを動かす。

やがて、東京オリンピック。怪しげな空気の恐ろしささえ覚え、感じ出している。

野菜の花

海川　あおい

　昨年十月一日、夫は脳梗塞で倒れ、そのまま四ヶ月間入院することになった。

「嫁が食べさせてくれへんねん」と周りに同情を請いつつ、付き合いと言っては居酒屋、立食パーティ、間食に夜食、そんな彼の体重は既に一一〇キロを超えていた。

　テレビの健康番組によると、耳たぶにシワができていると脳梗塞だと言うが、夫の耳たぶには確かにくっきりとシワができていた。

「脳外科で一度診てもらった方がいいよ」

　私は頻りに彼に検査を促すが、嫁の助言に従ったことは皆無に等しく、いつものように知らん顔をしてごろんと横になりテレビを見る。

　そんな日々が続いた十月の未だ暑い日、夫は仕事を終えて帰宅すると、玄関で足がもつれて転倒した。疲れていたせいもあり、彼は食事も取らずにソファーに横になり、そのまま眠ってしまった。

二時間して目を覚ますと、夫は呂律が回らなくなっていた。私は急いで一一九番に電話をし、彼と一緒に救急車に乗り込んだ。救急隊員は頻りに彼に話しかけるが、夫の話し方がいつもの夫ではない。夜間の救急病院で脳梗塞と診断された彼は、そのまま入院した。

生きるか死ぬかの一週間を過ごした後、ようやく急性期を脱し、リハビリテーション病院で三ヶ月間食事療法も交えたリハビリに励むがその甲斐も空しく、夫は左半身に麻痺を残してしまった。

退院後は、週に三回理学療法士が自宅を訪問し、四十分間のリハビリをしてくれる。夫は一見したところ、小柄の力士、或いはお腹の出たアメリカンフットボール選手のようにも見える。だが、実際は相当なインドア派で、趣味は昼寝と水戸黄門の再放送を見るくらいである。

そんな夫が慣れないリハビリを頑張っている。しかし、劇的な回復が訪れるか確信のないリハビリの道は、おぼろで、たどたどしく、目に見える効果は今のところ、本人の自覚によるところに留まっている。

ここ数年、自営業の会社をほぼ一人で切り盛りしていた夫には、様々なストレスがあったことは間違いない。

だが、あったとは言え運動ゼロに加え、外では大好きなラーメン、菓子パン、芋けんぴを好きなだけ食べ、帰宅してからは妻の作った夕食を食べていた生活を振り返ると、この状況は避けられなかったのかも知れない。

四ヶ月間の病院生活の後、夫の体重は三十キロ減り、八十六キロになった。元来食べるのが大好きな人間なので、ここからのダイエットはなかなか進まない。

夫は退院後、庭作りに精を出すようになった。

趣味の無い彼だが、畑の野菜を育てていると癒やしを感じるのか、九十度に折れ曲がったままの左肘と力が入らず引きずっている左足でもって、毎日数時間、六畳程の小さな畑と芝生を植えた庭の世話をせっせと続けている。

ところで、我が家には十年飼っている雌のダックスフントがいる。ミニチュアと違って、スタンダードダックスの彼女は体重が十一キロもある。ダックスフントであるいちは、本来はすべきではない運動、つまり一階と二階を一日に何度も往復することがお気に入りだった。

そんな彼女は夫が大好きで、何処に行くのも付いてまわる。

「そうや、いちにドッグランを作ったろ」嬉しそうに声を弾ませながら玄関から夫が入ってきた。

「ええやん、作ったってよ」私は夫が何かに夢中になれることが嬉しかった。

それからというもの、彼は足繁くホームセンターに通い、材木やビス、工具等を買ってきては庭でドッグランの為の柵を作り続けた。

「明日には完成や」嬉しそうだった。

完成したドッグランで、いちが喜んで走っている。そう、そのはずだった。

しかし、柵が完成するという日の朝、いちがケージから出てこない。

やっと立ったかと思うと、足を引きずっている。飼い始めて初めて見る愛犬の弱々しい姿であった。翌日もその翌日もいちは立てなかった。慌てて動物病院に連れて行くと、ヘルニアの可能性が高いと言われ、その日からいちは、絶対安静が強いられた。いちの左足は力が入らず麻痺してしまったのだ。

待てよ、これでは夫と一緒ではないか。

彼が脳梗塞になる前は、二人でいちを連れて近所の公園をよく散歩した。何気ない日常だが、私にとっては幸せな時間であった。

だが、現在あのありふれた風景は無情にも様変わりしてしまった。

夫は左手に杖を持ち、ふらつく左足が地面を探るように体を丸めて歩く。彼の足が歩き方を忘れてしまわないように、隣にいる私はつい声をかける。

「足を曲げる」「足を曲げる」

私達は散歩をしながら、よくたわいもない話をしていたのだが、今はそんな余裕は彼にはない。気を付けていないと転ぶので、彼は下を向いて歩くことだけに集中する。

以前と違って、夫は重い物は一切持てなくなった。十一キロあるいちを抱っこすることは勿論できない。いちももう付いて来ない、来られない。

だけど、夫のいちへの優しさは以前と変わらない。殆ど動かなくなった左足を舐めているいちの傍らで、今日も彼はごろんと横たわり、「べっぴんさんやな」と言って、優しく撫でる。

「いち、お父さん庭仕事してくるわ」

二月から彼がせっせと世話をした小さな畑は、旬を迎えた野菜達で一杯になり、私達も殆ど自給自足で暮らせるのではないかと思うくらいになった。

美しい葉っぱを一杯に広げた大根、ほうれん草、水菜、春菊、人参、ネギ、ニラ、庭先には、ブルーベリーやオリーブの木、キウイの木まで植えている。水菜の花が太陽の陽に重なり、美しく輝いて見える。

夫が畑に入るなり、横たわっているはずのいちが、ヨロヨロと後を付いて来た。夫の後ろで、静かに大好物のアスパラの上の部分だけを食べた。すると、そこから堰を切ったかのように、黄色い水菜の花の間で黒いダックスフントが次から次へとアスパラにかぶりついた。

後ろを振り返った彼は、慌てていちの口元を掴んだ。

「そこは残しとってよ」

それを見ていた私は、ふと自分達の何気ない日常はそれ程変わっていないことに気づいた。只、人生のコマが少し先に進んだのだ。

今日も昨日と同じような日を過ごすかもしれない。しかし、それは実に掛け替えのない一日である。

我が家の野菜は、今日も明日もその瑞々しい恵みを私達に与えてくれるだろう。

僕の存在

冬真

5月31日
ふと鏡を見るとそこに映っているのは女の子の制服を着た人の姿。

「あれ？　これって誰だっけ。」

一瞬この鏡に映っている人は誰なのかよく分からず困惑ぎみに鏡を見た。胸のあたりが少しふくらんでいてひざくらいまでの丈のスカートをはいている。背は低くて、がっしりしていて……その特徴は自分自身のものと変わりがなかった。何だかはき気がしてくる。

今日は月曜日。女の子の制服を着て学校に行かなくちゃいけない。

6月1日
顔を洗って鏡を見る。

そう言えば四月からずっと前髪を切っていなかった。前髪は目にかかるくらい長くなっていてそろそろ生活委員に何か言われそうだ。

顔を洗った時にぬれてしまった前髪から水滴がしたたりおちる。少し前髪がぬれたくらいで新しいタオルを衣服の棚から出すのはめんどうくさいような気がして僕は手で前髪をしぼった。

今日は朝からうきうきしている。だって友達とショッピングモールに行く約束をしたから。今からどんな服を着ていくかとてもまよってしまう。

そうだ、いつもは着ないワンピースにしようかな。

6月2日

歯をみがきながら鏡を見る。

いつもなら目覚まし時計が鳴る前に起きることができるのに今日にかぎって起きることができなかった。久しぶりに耳がこわれそうになるくらいうるさいアラームを聞いたため朝からとてもイライラしていて顔が少々おこり気味だ。

昨日友達とショッピングモールに行った時おそろいのイヤリングを買った。三日月の上に猫が座っていてその中に冬の夜空で輝く星のようにキラキラとしたかざりがうめこまれている。可愛いとは思うが次つけたくなるのはいつか分からない。それに、もっと有意義なお金の使い方をしてほしかった。

6月3日
鏡を見た。だけど鏡の中の自分と目を合わせることはなかった。
今日は朝から雨がザァザァと防音効果のある窓ガラスを音がつきぬけるくらい大きな音で激しく降っていた。
最悪だ。タクと一緒にカズイのところにとつろう（突撃しよう）って約束してたのに。こんなんじゃあカズイのところでゲームする前にカズイの母さんに追い出されそうだな。「どうしたの二人とも！　プールに入った後みたいじゃない。早く帰りなさい！」って。雨にぬれたくらいでなんだって言うんだ。自分の母さんなら言えるのに。

6月4日
鏡を見る。今日は顔が赤くて目がうつらうつらしている。昨日タクとカズイの家にどしゃぶりの中傘もささずに走って行ったため熱がでてしまったようだ。
本当に嫌だ。昨日は予想通りカズイの母さんに追い出された。だから今日タクの家で遊ぼうって言ってたのに、また延期になった。
家の外に出るつもりはないけどイヤリングを耳につけた。やっぱりこれ可愛いな。

6月5日

今日は土曜日。せっかくだから十二時までねておきたかった。だけど自分自身で決めたことならしょうがない。今日はあそこに行かなくては。

「先生！　どうですか結果は？　娘に障害なんてありませんよね？　とつぜんここへ来たいと言うから本当にびっくりしたんです。」

母さんはさっきから医者にくいぎみに質問や相談をしている。当事者である僕はそっちのけだ。医者も困って苦笑いする。

「お母さん、少し落ち着いてください。娘さんは性同一性障害ではない可能性が大きいです。この項目をご覧の通り――……。」

今日僕が来たのはジェンダークリニックという場所。日記を書き初めて分かった。自分は性別に違和感を覚えているということ。そしてもう一つ。

「反対のジェンダーとして扱われたいという強い欲求やなりたいという欲求、他にもこの項目はほとんどあてはまっていません。」

自分は女ではないけれど男として生きたいわけでもないと言うこと。僕は……

「もしかしたらＦｔＸかもしれません。」

「……ＦｔＸ?」

その反応は完全に知らないという反応だった。

「お母さんが知っているのはＦｔＭやＭｔＦだと思います。これらはそれぞれ Female to Male・Male to Female つまり体は女性心は男性、体は男性心は女性ということを意味します。ですがＦｔＸやＭｔＸは Female to Ｘ・Male to Ｘ つまり体は女性心はＸの存在、体は男性心はＸの存在ということを表します。」

医者はできるだけ母さんに理解してもらえるように難しい言葉はつかわなかった。

「だからその……Ｘと言っているのは女性でも男性でもないからで……Ｘジェンダーにもいろいろと種類があるのですが障害とは判断せず個性として判断します。」

「は、はぁ……Ｘジェンダー……個性……はい。」

それでも母さんはよく理解できていないようだった。

「さっき娘さんの話を聞いたところ『女ではないけれど男として生きたいわけでもない』とおっしゃっていました。Ｘジェンダーの方々の特ちょうととてもよく似ています。そして朝起きた時周りの人や環境によって毎日少しずつ変わっていると言っていたので、『不定性』かもしれません。」

僕は「不定性」の言葉を何回も頭の中で唱えた。そう、忘れることがないように。

「ちなみにこのリストに書かれているものがあてはまるのであればＸジェンダーという可能性が高いです。」

医者は僕に白い紙をわたした。その中に書かれているものはすべて僕が思っていたことと同じだった。
「……全部あてはまります。」
僕はそうつぶやいた。この時、何もかもがふにおちた。
女の子のかっこうをしたくなかった日
ワンピースを着て友達と遊んだ日
自分のことをどうも思わなかった日
鏡の中の自分を嫌悪した日
イヤリングをつけておしゃれをした日
そして自分は何なのか分からない今日に
「あなたは女の子よね？」
そう言って紙をうばいジェンダークリニックから母さんは出ていった。
女、男という言葉にもやもやして息をしているか分からない明日。
そこにいたんだね僕。
ずっとずっと待ってたんだよ。
君の存在を。

×月×日

「僕はXジェンダーの不定性なんだ。」

母さんも父さんもびっくりした顔で僕を見る。

前髪があせでしっとりと額にくっつく。のどはかわいて声が上手に出せない。息を大きく吸ってはいてつばをのみこむ。

「それでも愛してくれる？　僕を認めてくれる？」

僕の言葉に二人は顔を見合わせる。そして笑顔でうなずいた。

「もちろん。」

4月16日

想像するのは簡単だ。6月はいつ来るだろう。未来の私はこうなっていてくれるだろうか。

祖母が残したもの

笠原　梢

昭和42年、沖縄から東京にパスポートを持ってやってきた。沖縄がまだ、外国だった頃だ。東京の大学に進学しようと高校の卒業式を待たずにやってきた。

季節は冬、あの頃はよく雪が降った。初めての雪に戸惑いながら、那覇の市場で購入した靴底は足をしびれさせて渋谷のスクランブル交差点で滑ってしまった。受けた大学も滑ってしまった。

大学を落ちることなど全く頭になかった能天気な私は途方に暮れた。ベニヤ板一枚で仕切られた3畳一間《ひとま》のアパートで、隣人を意識してコタツに頭を突っ込んで声を殺して泣いた。ラジオから「ラブユウ東京」「おらは死んじまったダー」の歌が流れていた。

本土の人に負けないように頑張って来いよと、那覇港から両親や祖母の別れのテープを切って、蛍の光の曲に送られて来た身としては、しっぽを巻いて帰るわけにもいかず、浪人をすることに決めた。

東京での生活はすべてが新鮮だった。雪、電車、流ちょうな標準語、銭湯、商店街を流れる空気、ざるに入った八百屋の菊の花、柔らかい豆腐、桜、紅葉……。

豊かな家庭でもなかった我が家、親に申し訳なくてアルバイトを探す。あちこちに電話をするのだが、通じない。私の旧姓は「具志堅」、発音が悪いわけではなく、耳慣れない苗字のようだった。何度も聞き直され、閉口した。

1時間百円のアルバイトにありついて働いた。沖縄から上京した私に、本土の人は、「沖縄では日常、英語をしゃべるの」と聞く。沖縄は本土から忘れられていることを認識した。日本地図にもない沖縄、本土の小学生が知らなくても仕方がないこととは知りつつも、納得がいかなかった。

先の戦争が終わって3年後に私は生まれた。生まれた時から、米軍の基地はあった。アメリカの植民地のような状態だった。昭和30年、私は小学校1年生。隣の集落がブルドーザーと銃剣で土地を奪われた。

宮森小学校に米軍のジェット機が落ちて多くの子どもたちが亡くなった事件は同じ小学生だった私にとっても衝撃だった。小学校にもジェット機は落ちるのだと。

中学生の時、青信号横断の中学生が轢き殺された。犯人の米兵は「太陽がまぶしかった」と無罪。同じ中学生だということでは他人事ではなく、忘れられない事件だった。

このような事件が日常茶飯事起きても、「日本が戦争に負けたのだから仕方がない」と高校生の私は自分を納得させていた。

上京してから、沖縄の現状に対する本土の人の認識の甘さに怒りを覚えたこともあった。大学に入ると、「本土復帰」運動に身を投じた。


子ども心に仏壇がある家が羨ましかった。沖縄のお盆はとても大きくて賑やかだった。1間《けん》もあるような大きな仏壇には果物やご馳走が並べられ、仏壇はサトウキビやスイカで飾られた。戦後に形成された我が家と違い、どの家にも仏壇がある意味を知ったのはしばらくしてからである。

戦後生まれだが、住民の4人に1人が亡くなったとされる沖縄戦の傷跡を見ながら、感じながら暮らしがあった。

戦後は毎日食べていくのが精いっぱいで戦争を語る余裕なんてなかったが、私たち子どもの生活からも戦争の傷跡は見えた。子どもが遊ぶ野や海には不発弾や頭蓋骨が転がっていた。

一つ違いの弟が頭蓋骨を木の枝にさして歩いていたことがあった。高熱を出し、祟りではないかと母親が騒いだのを覚えている。

祖母は晩年、戦争体験を私に語った。

米軍が最初に上陸した沖縄本島中部地区の集落に祖母の家はあった。豚や牛など生き物を育てていたので逃げるのが遅くなり、激戦区の南部に逃げるしかなかった。

血を絶やしてはいけないと、祖父と祖母は分かれて逃げることにした。祖父は3人、祖母は5人を連れて逃げた。10人の家族である。

日本兵にガマを追い出されたこと、敵軍の標的になるからと言って、ガマの中で自分の子どもを手に掛けた母親がいたこと、戦場で息子に偶然出会った祖母は連れ帰れなかったことをずっと悔やんでいた。

昭和20年4月の米軍上陸から3ヶ月の間激戦地を逃げ回り、飢え、負傷の末、捕虜となり、別れた家族が一つになれたのはクリスマスの日だったという。

祖母は戦争で少年兵の息子を失った。

92歳で亡くなるまで息子の命を愛おしんで苦悩した。


沖縄は日本となった。現状は大きく変わっていない。沖縄がいじめられて可哀そうだと言う友人の中には、「沖縄は独立したほうがいいのではないか」、と言う人がいる。そんな時、学生時代の自分を振り返り、戸惑いを覚える。突き放されたようで寂しい。

「沖縄」は日本の縮図だと私は思うから。

沖縄に戻ることなく50年以上が経った。結婚し、3人の娘を授かった。子どもがまだ小さい頃、沖縄に帰ろうと考え、夫の就職活動をしたが、当時、沖縄は就職難だった。沖縄の人の就職もままならないのに、本土人の夫の就職は難しい、という状況だった。

上京した時は一人だった私の家族は、孫8人を含め16人となった。

私は今、孫たちに沖縄を語り、平和を語る。祖母が私に語ったように。

「戦争はいけない。命ど宝」と。

「あ・り・が・と」

堀沢　広幸

母が亡くなって五年が経つ。百一才だったから、天寿を全うしたね。「おめでとう！」と言われたいところだが、いざ亡くなってみると、しばらくは喪失感でいっぱいだった。通いで介護していた私ですらそうだから、寝食を共にしていた長兄は、いかばかりだったろうと、今にして思う。実際まだ七十代というのに、母が亡くなってから急に老いたのだ。耳が遠くなり認知症らしき症状も出始め、介護士さんを頼むようになった。最近は弟の私にも、頻繁に電話がかかってくる。

先日もである。「転んで腰を打った。すぐ来てくれ」と言う。長兄の大げさは、承知の上なのだが、「もしや」の不安もあるので、電車で三十分、駆けつける。

マンションの玄関には救急車が来ていた。

１１９番にも電話をしたのだろう。部屋では救急隊員が三人、長兄の脈をとったり血圧を測ったり、酸素吸入器も使っていた。

話によれば、介護士さんがゴキブリを見つけて「キャーッ」と驚いた拍子に、転んで腰を打ったのだそうだ。さもありなんと、情景が浮かぶ。笑うに笑えない。

隊員さんが、運んでほしい病院をきいていたが、本人自身がどうしたもんか、答えられない。見たようすでは軽い捻挫くらいだろう。

私の判断で、隊員さんに引き上げてもらった。とりあえず一安心だった。

臆病なだけで悪気はないとわかっているが、世間体も考えてくれ。と、思うのだが、言ってきく兄ではないのである。

つい先日も、隣の家から「やたら救急車を呼ばないでほしい」と忠言され、「そんなことを言われる筋合いはない」と逆ギレしたらしい。やれやれである。

長兄は子どもの頃からの重い喘息で、中学も通えなかった。大人になっても発作が始まると自分で発作止めの注射をした。仕事に就いても長くは続かず、家で一人でいることが多かった。そのなりゆきで独身のままずっと両親と暮らした。そして母の死、加齢による心身の衰え、ひとり暮らしの不安。と言って、他人とうまくやれない自分を知っているから、施設やデイケアセンターに行く勇気もない。加えて神経質なのに整理整頓が苦手。物を棄てられない。だから部屋はゴミの山。

介護士さんも、わがままで小うるさい兄に対応しきれず、長く続かない。

私も、やりきれなくなることも、しばしば。（もうかってに死んでくれてけっこうだ！）と叫ぶ自分がいて「ドキッ」とする。

そんなとき「フッ」と我に返って思い出すのが、母が亡くなる寸前、長兄に言った、『あ・り・が・と』だった。


思えば母の認知症が起こり始めたのも、やはり父が亡くなってからだった。

母の世話は当然のように長兄がしていたが、認知症が進むと、一人だけでは手に負えなくなり、私も介護に通った。

情けなくも介護経験のない男の私は、冷や汗タラタラ。とりわけ下の世話は一苦労。母は便秘症だったのでなおさらだった。

毎朝の長兄との電話も「今日は出た？　出ない？」で始まる。バイクなら二十〜三十分。ベッドの母を抱き上げオムツの取り替え。

「すっきりしたんじゃない」ときくと、嬉しそうに「うん」と頷く母。黄みがかった爪を切り、汚れた指を消毒用タオルで拭く。気分が良いと、私の名を呼んで「ありがとう！」と言ってくれる。母のご褒美である。

むろん長兄は、私の何倍も大変だったろう。

長兄なんだから仕方ない、とは言えない。否！　実は仕方がないどころか、わが家には、ある事情もあった。

それは母が一日中ベッド暮らしになるほど弱った頃だった。母方の従兄弟から、みかん箱が送られてきた。昔、大学受験の予備校に通うため東京のわが家に下宿していた。その恩返しのつもりなのだろう。律儀な従兄弟なので、毎年送ってくれるのである。

みかんが届いて数日後、その従兄弟から電話があった。それを長兄は嬉しそうに私に報告するのである。いろいろ会話した後、

「ぼくに『M家のお世話をしてくれてありがとう！』って言ってたよ」と。

（M家？　長兄に向かってM家って……）

Mとは母の旧姓である。私はその意味が初め、わからなかった。しばらく言葉を反芻してやっと閃いた。

（もしかして……従兄弟は長兄が母の実の子でないことを知っていたのでは？）

子どもの頃から私は、母が長兄には冷たいのを何となく感じていた。わけはきかなかった。子ども心に、きいてはいけないことのように思っていたのだ。

はっきり知ったのは、私の結婚で家族の戸籍謄本をとり寄せた時だ。「やはり」だった。父の連れ子だった。

だが、どこの家族にも二つや三つ、事情はあるもの。気にするほどのことじゃない。そ

う自分におさめて忘れかけていた。

ところが長兄が、身を粉にして母を介護するのを見て、再び思い起こしてしまった。

(これって、本来なら次兄や三男の自分がやらなくてはならないことでは?)と。

そこへきて、従兄弟からの「M家のお世話ありがとう」だったのである。

(従兄弟は、ずっと前から、わが家の事情を知っていたのかもしれない。そうか、毎年のみかんも、M家として、長兄へのねぎらいでもあったんだ。「ボーッ」としていたのは私だけだったのかも……)

思い出してみれば、長兄の好きな物語と言えば「母を訪ねて三千里」と「家なき子」だった。子どもの頃から、うすうす知っていて自分の境遇と重ねていたのだろう。

長兄は、最後まで甲斐甲斐しかった。母が寝たきりで食べ物がのどを通らなくなると、昼夜分かたず、スポイトで流動食を口に入れていた。母が入院し、いよいよという段になったその晩である。私たち兄弟三人は病院に呼び出され、医者から延命治療の話が出された。

次兄と私は、自然の成り行きでいい、と考えは一致したが、長兄は絶対反対。延命装置を付けてでもいい。生きていてほしいと。恐ろしいほどの想いに、次兄と私は願いを受け入れた。

だが数日後、延命治療の甲斐なく、母は亡くなった。そして意識朦朧となったベッドの母は、長兄に向かって言った。

「あ・り・が・と」

とぎれとぎれに、発せられた、これが母の、最後の言葉となった。


あれから、早五年。

今日も長兄からの電話がくる。

「今日来れるか？　食べるものがないんだ」

と堰を切ったように言う。一昨日行って、食料は生協でまとめ買いしてあるのを、私は見て知っている。

「冷蔵庫にいっぱい入ってたじゃない」

そう言うと、聞こえたのか聞こえないのか
「ガチャン」と電話をきった。

「フー！」とため息をつく。

私の中から、またあの言葉が浮かんだ。

「あ・り・が・と」

母親の存在

橋本　敏恵

昭和34年5月、深緑が眩しい季節に私は生まれた。昨年還暦を迎え、今は夫婦二人だけの穏やかな生活の中で、離れて暮らす4人の孫の成長の早さに驚く毎日である。この年になってやっと、過去を客観的に振り返れるようになった。

古いアルバムには姉と次兄と一緒に写る1枚の写真がある。私が3歳位と思われるので記憶にはないが姉が19歳、（長兄16歳）次兄は14歳の頃だ。どんな家族だったのだろう。既に私を産んだ「あの人」はいない。

戸籍謄本を取り寄せてみた。昭和34年1月、31歳の「あの人」は5歳の男の子を連れ、16歳、13歳、11歳の3人の子を持つ48歳の男と再婚した。お腹の中には7ヶ月の私がいたことになる。その男の妻であり、3人の子の母親は昭和32年死亡とあった。死因や享年は不明であるが、子供を残して逝く母親の気持ちと残された家族のことを考えると、いたたまれない。そんな妻の死から2年後に再婚し、私が生まれ、男は私の父になった。その出来事が何故か他人事のように思え、それぞれの年齢を考えると複雑な家族関係が容易に目に浮かぶ。総勢5人の子と夫婦の生活が始まったことになるが、六畳二間の狭い家で、しかも洋服仕立て職の父の仕事場も兼ねる。ミシン、作業台やたくさんの生地が並び、7人が生活できたとは考えられない。「あの人」は男の子を実家に置いてきたのか？　戸籍では父と養子縁組がされてはいたが、一緒に暮らしていたとは思えない。「あの人」の実家と思われる田舎に行ったのを朧気に覚えている。男の子はそこで祖父母たちと一緒に暮らしていたのだろうか？　父は「あの人」と昭和40年6月離婚とあるが、（貰い乳）で育ったと聞いたことがあったので、私を産んですぐに家を出て行ったらしい。私をひとり残して。

離婚届後の秋と思われる七五三（帯解き）の写真が1枚ある。この頃からの記憶は確かにある。たくさん撮ったはずの写真は残っていない。父のことだから、きっと「あの人」に渡したのだ。父と、年の離れた3人の姉兄たちとの生活が続く。姉と次兄は残された私にとても優しくしてくれた。よく面倒を見てくれた。長兄は私の存在自体が許せなかったのだと思う。狭い家なので、嫌な思いも数多くあった。死にたいと思ったこともあった。

父は度々、私を「あの人」に会わせた。七五三の祝着を着た時も。小学校に入ると授業中に先生から「お家の人が忘れ物を届けに来てくれたから、職員室へ行きなさい。」と言われ、忘れ物をした覚えはないものの、行くと外で「あの人」は待っていた。そんなことが何度かあった。店に買い物に行くと見かけることも多く、直ぐに私は商品の棚に隠れ、逃げた。中学生になると、下校時に知らない男子高校生に声をかけられた。「あの人」の息子だった。兎に角、狭い街だったので、いつも周りを気にして暮らしていた。顔を見たくない人達がいた。街にも家の中にも。

私が11歳の時に姉が結婚して家を出た。小学校の入学式に一緒に出席してくれた姉。着物姿の母親も普通にいる時代に、仕立てのスーツを着て、髪をアップにまとめ、化粧バッチリの27歳の姉は一際目立っていたのが、子供心にとても恥ずかしかったのを覚えている。長兄も結婚して家を出ると、父と次兄と私の3人の生活が始まった。学校では参観日、運動会、保護者会などで母親不在を改めて知ることになる。普通の家庭がとても羨ましく思えたが、少しも寂しくはなかった。今では片親だけの家庭は珍しくはないが、当時は同学年で私だけだったと思う。母親の存在を一番感じ、辛かったのは初潮の時。学校で教えられてはいたものの、突然そうなるとうろたえた。中学2年の2学期の始業式が終わった時だった。心細くて早く姉に話したかった。男である父と兄が居る家からは電話はできない。公衆電話から姉の嫁ぎ先に迷わずかけた。話し始めると次から次へと溢れる涙で、うまく話すことができなかった。お赤飯を炊いて祝う日に私は泣いていた。母親がいないことが酷く寂しく思えた初めての出来事だった。

高校を卒業して就職。職場で知り合った人と昭和60年に結婚した。挙式後に父が「あの人」からのご祝儀を受け取ったかと尋ねてきた。式場の人に託して帰ったという。受け取っていない。受け取るはずがない。それから暫くして「あの人」の名で現金書留が送られてきた。直ぐにそのまま送り返そうとした私に夫は、自分が直接会って返すと有無を言わせず出かけて行った。顔を合わせるなんて……話をしてくるなんて……戻った夫に私は話を聞くことさえしなかった。夫は「あの人」とどんな話をしてきたのだろう。

翌年、私は女の子を出産した。この時にまた母親の存在を思い知ることとなる。夫の母親が他県から手伝いに来てくれた。夫と生まれた子の世話をよくしてくれた。他に頼る人がいない私は大変有り難かったが、何か違うと感じた。私は娘ではない。甘えることなんてできない。姉に産後は大事と言われたけれど仕方がない。私はこの時に、将来この子が妊娠出産する時には、この子に寄り添って出来うる限りのことをしてあげようと心に強く思った。

平成29年4月、その時がきた。娘は長い陣痛後に無事女の子を出産した。退院後の里帰りで我が家にやってきた。娘と孫のお世話が始まる。朝から掃除洗濯、母乳だけで育てていたので手抜きはできない三度の食事作り、沐浴のお手伝い。夫婦二人ののんびりとした生活から一変、一日があっと言う間に過ぎていく。でも充実していた毎日だった。30年前に味わったあの思いは娘には決してさせない！　と強く思っていたのだから。婿が迎えに来て親子3人を見送ると自己満足ではあるが達成感と一緒に私の心の中が澄んだように感じた。母親という存在の重い魂が消えたような、呪縛から溶けたような瞬間だった。

子を持つと親の気持ちがわかるとよく言われる。子を持った今も「あの人」の気持ちがわからない。同情する気持ちもおきない。会いたいとか全く思わない。父親が無理に引き会わせたり、学校に会いに来たりしなければ違っていたかもしれないが。もしも、親の離婚時に「あの人」に引き取られていたら、私の人生はどうなっていたのか？ 全く違っていただろう。父、姉兄たちに育てられて今の自分がある。今迄は鏡を見ると「あの人」に似ている自分が嫌だった。60歳を過ぎた今は、積み重ねてきた人生によって、しわが増えた分、その影が薄くなってきたような気がする。


息子へ。

就職して初めて貰ったボーナスでご馳走してくれた夜、私に母親のことを初めて聞いてきましたね。私は話し始めると涙が直ぐにこぼれて、上手く話すことができませんでした。こうして文章を書いている今も涙しながら書いています。弱い母です。どうしようもない過去をずっと引きずり、時にはそれを言い訳にして生きてきました。この文章を最後に母はこれからの人生に生きようと決めました。

初孫の君へ。

君が生まれてきてくれたおかげで、ばぁばの人生の考え方が変わりました。君には未来しかない。これからどんな人生が待っているのか。ばぁばも過去を振り返らず、これからのことを考えて生きていきます。生まれてきてくれてありがとう。私を救ってくれてありがとう。君にはママが、ママにはばぁばが、ばぁばには君がいる。最強の親子三代だよね！

長い間、自分だけ特別な境遇だと思って生きてきた。でも人と話をするうちに、思いがけず、テレビドラマに描かれるような体験を聞くことがあった。さらっと語る人もいるし、まだ引きずっている人もいる。

まさに人生は十人十色である。

じいちゃんのそろばん

宮原　杏子

坂の下から見上げると、快晴の青空を背景にした実家に、くすんだ灰色の足場が組んである。帰省のことを親に告げたとき、工事の話は何もでなかったよな、と記憶を辿りつつ、幼なじみの家の車が変わっていたり、古いアパートが取り壊されて空き地になっていたりする坂道を少し汗ばみながらのぼっていく。

家の前に着くと、作業をしている人の気配はなく、そのことがこの足場そのものの存在を際立たせていた。玄関のドアベルを鳴らすと、奥のほうから少し小走りな足音が近づいてくる。ガチャッとあいたドアの向こうから、母親が「あら、おかえり」とうれしそうな声で出迎える。

「ただいま。この足場、どうしたの」

「塗装工事よ。ちょうど足場がたったところ」

　自分の部屋のある二階にあがり、荷物を置いた。部屋の中は最後の帰省からは大きく変化がなく、ここだけは時がとまったようだ。ベランダの窓を開け、涼しい風を部屋に吹き込ませる。視界には、かつて見慣れた高台からの景色に、無機質な足場が加わる。その冷たさとは対象的に、ベランダには色とりどりの植物が鉢植えに植えられていて、初夏らしくいきいきとしていた。

「ベランダの花、きれいだね」

　一階に降りて、台所にいる母親に話しかける。

「最近凝ってるのよ。でも、足場で日当たりが悪くなっちゃってね」

「塗装工事、どのくらいかかるの」

「二週間よ。その間に枯れちゃったらいけないから、おばあちゃんちにしばらく移そうと思って」

　祖母の家は、実家から車で二十分ほどの団地にある。数年前からほぼ寝たきりになった祖母の介護のため、母は毎日その団地に通っている。

「おばあちゃん、具合どう？」

　今日このあと会いにいく予定なのだから、自分の目で確かめればいいのだが、久しぶりに会う祖母の変化を受け止められるよう、心づもりをしておきたかった。

「あたまはしっかりしているけど、身体はやっぱり、ね。動くにも、もう、筋肉が落ちちやって」

「こんにちは」

おそらく聞こえないが、玄関から奥の部屋まで届くよう、大きな声で挨拶する。返事を待たず、暗く狭い廊下を進み、レースののれんをくぐると、大きな窓から光が入るその居間には、かつて置いてあった大きなテーブルが介護ベッドに取って代わられ、そのうえで祖母が寝ていた。母が祖母の耳元で東京からの来客を告げる間、わたしは仏壇の前でじいちゃんに挨拶する。祖母が消し忘れるといけないので、今では電子ロウソクと電子線香になった。リンを鳴らし、手をあわせ、目を瞑る。そうすることで、じいちゃんに話しかけることができる。あちらからの答えはないけれど。

祖母が母の力を借りて、ベッドの上で上半身を起こす。わたしの姿を認めると、静かに興奮した様子で喜んでくれているのがわかる。

「よくきたね」「元気そうでよかった」そんな言葉を繰り返し、繰り返し、しばらく並べている。確かに身体の老化は進んでいるものの、わたしの知っている明るくおしゃべり好きの祖母がそこにはいた。

しかし、基本はベッドに横になって、ずっとテレビを観ているような生活。昔好きだった手芸やジグソーパズルも、手先が震えるようになってフラストレーションとなってしまったようだ。たまに早く死にたい、生きていても仕方ない、ということも口にするらしい。

もう九十歳を超えた祖母は、十分に生きたといえばそうで、長生きしてほしいなんて周りのエゴなのかもしれない。

ふと、ベランダを覗いてみたくなった。小さいころから通ったこの家だが、ベランダにでた記憶がなかった。おもむろに立ち上がり、ベランダのガラス戸をガラガラと開け、色褪せたスリッパを履いた。実家のベランダとは違い、草花はなく、使わなくなった竿やビニールシートに包まれた荷物が置いてある。それだけだと殺風景なのだろうが、一階にあるのでベランダを超えてすぐの共有部分の芝や建物沿いに植えてある広葉樹が借景、というと大げさなのだが、ベランダの一部のように視界に入ってくる。芝は青々としていて、広葉樹の葉は太陽の光を受け鮮やかな色を放ち、風に揺られている。賑やかだ。

葉を揺らした風と、発色させた光を自分自身で受ける。外と中のあいだにある、その空間の一部になる。すぐ部屋の中に入れる安心感と、外とつながる開放感を両立させたベランダという場所が、これほど心地いいところだということをはじめて意識した。

ベランダのガラクタを手に取っては戻し、という作業を続けていると、空調の室外機のそばでそろばんを発見した。なぜそろばんがベランダにあるのか。そろばんを手に取り、陽にかざす。ほこりやチリを被ってはいるが、玉はまだ動く。側面には母の旧姓、つまりじいちゃんの名字が書いてあった。部屋に戻り、洗面所で水洗いという暴挙にでたが、べランダに放置されているくらいなのだから、使えなくなっても困るものではあるまい。蛇口からでた透明な水が、そろばんを通り、黒い色を携えて流れていく。わたしは念入りにほこりを取り除いた。乾拭きしてベランダの手すりの上で陽に当てる。わたしは気持ちがよかったし、そろばんも気持ちがよさそうだった。

母に聞くと、そろばんは会社の経理をしていたじいちゃんのもので、家でも使っていた記憶があるらしい。介護ベッドが置かれる前、長年置いてあったテーブルのうえで、そろばんをはじくじいちゃんを想像した。じいちゃんの席はいつも決まって一番奥で、テレビが見やすい位置だった。記憶の中でじいちゃんはいつも半纏を着ていたのだが、さすがに冬だけ着ていたはずなので、わたしの記憶の中のじいちゃんは冬の中にいる。それはじいちゃんが肺炎で死ぬ数週間前わたしがこの家を訪れた、つまり最後にじいちゃんを見たのが、冬だったからかもしれない。

わたしは介護ベッドに腰掛け、祖母にきれいになったそろばんを手渡した。祖母は何も言わずにじっとそろばんを見つめている。気持ちが読み取れない表情でわたしに視線を移すと「どこにあったの？」と尋ねてきた。

「ベランダだよ」

わたしの回答に対して、祖母はそれ以上なにも言わず、またそろばんに視線を落として、膝のうえでやさしく撫でている。なぜベランダにそろばんがあったのかわからないが、暗い部屋の隅っこや、ダンボールの中よりも、このベランダにあるのがなぜかふさわしいような気がした。

今度父が休みの日、実家の鉢植えが祖母の家に移動され、このベランダに並ぶはずだ。ベランダで土いじりをする祖母と、部屋でそろばんをはじくじいちゃんを想像する。初夏、じいちゃんはポロシャツを着ている。たまにそろばんから視線をあげ、ベランダにいる祖母の背中を見つめる。その視線はやわらかで、広葉樹の葉の隙間から祖母に降り注ぐ陽光と似ていた。

あの頃に

関　唯男

我が家の庭先にある防空壕へ逃げ込んだ記憶は僅かながら残っている。しかし、なぜ、そこへ入らなければならなかったのか、その詳しい訳を四才の私が知るはずがなかった。近くに太田飛行場があったが、敵機は何の変哲もない寒村を全く無視して飛行していたので、村の実質的な被害は皆無だったようだ。

それから何年か経った晩夏の昼近く、私は数人の仲間と高い堤防の斜面に腹這いになり身を小さくしていた。草の臭いが鼻を突き、眩しい陽光に汗が滴れ落ちた。

首をもたげると、堤防の上の道路をこちらに向かって走って来る長い車列が目撃された。子どもたちに緊張が走り皆無口になった。

やがて、草色のジープを先頭にして、ホロを被ったトラックの車列が私たちの目の前に次々と停車した。堤防へ一列に並んだ草色のトラックの数は十台を下らない。

すぐさま、ジープからもトラックからも草色の軍服を着た兵員が降車した。彼らは大声で喋ったり笑ったりしていたが、私たちは緊張を緩めなかった。そして、不安な表情で彼らの様子を堤防の斜面から見上げていた。私たちの誰もが逃げ腰だった。

ジープから降りた一人の男が大きな箱の中から何やら掴み出した。男は私たちに大声で話しかけると、握っていた物をいきなり私たちに向かって放り投げた。放物線を描いて落下した物品を私たちは奪い合うようにして拾い、急いでそれぞれのポケットへ収めた。

あの時、短時間であったが、私は仁王立ちになってキャラメルを撒いている兵士に目を奪われた。この前にも同じような場面があったが、その時には相手の様子を観察する余裕などは無かった。私はまじまじと相手を見た。

栗色の毛髪、赤ら顔に高い鼻梁、丸太のような腕に生えている金色の産毛、何もかもが珍らしく怪奇に見えた。

特に私が度肝を抜かれたのは、その男の圧倒的に大きい図体と威圧感である。その男のみならず、多くの男たちは一様にガリバーのように大きい。得意満面にキャラメルを撒く兵士、陽気で自信に満ちたような兵士たち、その時、私が彼らに無意識に抱いた憧憬と劣等感は今でも胸中に生き続けている。

兵士たちの多くは堤防に座って話したりタバコを吹かしたりしていた。ほどなくして、彼らは突然立ち上がり各々の車両に飛び乗った。そして、ジープを先頭にした緑色の車列は静かに動き出した。子どもたちは凄まじい砂埃を舞い上げながら去って行く車列に向かって千切れるほど両手を振って見送った。

後々になってから私は考えたのだが、車列は私たち子どもの存在に気付いて停車したとは思えない。あの場所は兵員が休憩するのに適していると考えられたのではなかろうか。

村の外れには万屋《よろずや》があり、日曜日になると派手な衣服に身を包んだ男たちが流線型をした乗用車に分乗して姿を見せる。彼らは万屋を根城にして狩りをする。大人たちの専らの噂では、彼らは軍用車で時たま堤防の上を通過する進駐軍ではないかということだった。

狩猟の季節が来ると、私たちは彼らの「犬」に変身した。私たち少年は数人が一組になり狩人の後を追って山林を付いて回った。そして、彼らの身振り手振りの指示に従い、長時間に亘って忠実に狩りの手伝いをした。

私たちの目的は狩猟者が猟銃を発射した後に棄てる薬莢を拾って、その数を仲間に誇示することにあったが、同時に狩猟者から褒美としてキャラメルなどを貰うことにもあった。

当初、私たちは異国人と行動を共にすることに畏敬と戸惑いを感じていたが、何度か回を重ねているうちに違和感は消えていった。

私たちの役目は森や林の中に入って、大声を出しながら棒切れで樹木の幹を叩いて、鳥や小動物を森林から追い出すことにある。森林の反対側では数人の狩猟者が待ち構えていて、追い出されてきた獲物を射撃する。私たちは射止められた獲物を探し出し、ご主人様に差し出すのであった。

そんなある日、私は「犬」になるために、いつもより早く万屋へ行った。数人の仲間は一人も姿を見せていない。店から少し離れた狭い路上に見慣れた乗用車が一台駐車してある。子どもたちが憧れる流線型をした車はブルーの車体を朝日に染めて輝いている。

私は窓ガラスへ額を押し付けて、運転手不在の高級車の内部を興味深く覗き込んだ。助手席に置いてある小さな箱が私の目に映った。箱の中にはこれまでに見たこともない物品が無造作に入っている。私はそれが食物であることを直感して思わず息を呑んだ。

色彩豊かで食欲をそそる小さな物体はたちまち少年に誘惑の手を伸ばしてきた。注意深く周囲を見回したが人影は見当たらない。

私は車の取っ手を力いっぱい引っ張った。意外なほど簡単にドアは開けられた。私は助手席にある獲物を鷲掴みにすると、近くの林に向かって脱兎のように走り出した。

五十メートルほど走って振り向いたが、追いかけて来る者も銃を構えている者も居ない。私は猟銃で背後から銃弾を浴びせられるのではないかと怯えていた。

遊び慣れた林の中へ逃げ込んだ私は安堵し、車の周囲の人の動きを入念に窺い、盗ってきた獲物の匂いを嗅いでから恐る恐る口の中に入れてみた。

これまでに味わったことのない濃密な美味が芳ばしい匂いと共に口内を一気に占拠した。

私は腹を空かした獣のように、前後の見境もなく残った獲物を貪り食った。

食い終わると、急に緊張感が解けたためもあってか涙が出てきた。私は舌で口の周りを嘗め回し美味の余韻に浸った。

だが、あの忌まわしい行為とご馳走にあり付いたことがあった後の約一年間、私は盗みの発覚を恐れて万屋に近付くことはしなかった。信頼する友だちにも何一つ話さなかった。

主食が雑穀だったあの時代、私たちの誰もが美味という味覚の認識に欠けていたように思う。私も例外ではなくその一人であった。

しかし、私たち悪がきは飢えに苦しんでいたわけではない。畑で略取した農作物を野生動物のように食い、柿や桑の実などを手当たり次第に口の中へ放り込んでいたからである。

今、私は進駐軍が往来した堤防を登っている。この地点は栃木県藤岡町から茨城県古河市を結ぶ堤防のほぼ中間に位置する。古河市に向かって右側に私の故郷である群馬県板倉町（旧海老瀬村）はある。左手には渡良瀬川が流れ、その流域には広大な湿原が展開され、対岸は眺望することもできないほどである。

渡良瀬川は足尾銅山鉱毒事件で世に知られている。私の記憶にあるその流域には背丈のある葦が一面に密生し、大小の樹木が不規則に並び立つ荒々しくも美しい原野であった。

やっとの思いで堤防に登った私の目には雄大な渡良瀬川流域の風景が飛び込んでくるは

ずだった。が、そこに展開されていたのは箱庭のように整然とした人工的な光景である。私は絶句して天を仰いだ。そして、その見晴らしの劇的な様変わりに時の流れを思い知らされた。私の時計は止まっていたのだ。

少年時代の私たちは渡良瀬川とその流域という広大な自然に育てられた。渡良瀬川で泳ぎ、魚を捕り、湿原では鳥やトンボを追い回し、諍いもあったが仲間との絆は強固だった。この他にも四季を通して思うがままに野遊びに暮れた思い出は山ほどあったが、竹馬の友がその後に辿った道を私は知る由もない。

しかし、幼馴染の一人一人の顔だけは目の裏へ克明に刻み込まれている。彼らが昔の遊び場の余りにもの変容を嘆いて、今にも私に話しかけてくるような気がしてならない。

ちなみに、私が車内から食物を掠め盗った時、付近にあった万屋は、姿を消していた。やはり、時代の流れに飲み込まれてしまったのだろうか。

馭者の入れ歯

凩　治彦

昭和三十七年、夏。

六歳の僕は、横浜・本牧八王子海岸の砂浜で海を見つめて泣いていた。

容赦なく吹き付ける海風に舞い上がる砂は、汗と涙に濡れた頬にくっ付き、拭うと焼けた肌にざらりと痛かった。麦わら帽子のつばは風に揺れ、耳の傍でひゅうひゅうと音を立てていた。

沖合には埋め立て工事用の巨大な杭が何本も打ち込まれ、それは海に最後のとどめを刺す凶器のように見えた。

紺碧と淡青を蒼黒く霞む半島が区切り、遥か彼方に真っ白な入道雲が鮮やか過ぎるコントラストを描いて湧き上がっていた。

僕は今しがたの出来事など、もうどうでもよくなっていた。

いや、正直に言えば、もっと大きな何かに意識を向けなければ、自分の感情をコントロールすることができなかったのだ。

母に海が埋め立てられると聞いてから、僕は子供心に大切なものを奪われてしまうという、どうしようもない焦燥を感じていた。

真上から降り注ぐ白い陽光の中で、巨大なダンプカーが大量の土砂を海に落とす音が、まるで遠雷のようにひっきりなしに聞こえていた。

僕は自分の力ではどうにもできないことがあるのを、そのとき初めて知った。

濱野さんは、総入れ歯を作るために僕の診療室にやってきた。

赤銅色に日焼けした顔。大きく窪んだ口の周りには鋭利な刃物で彫り込んだような深い皺が刻まれ、初めてお会いした時には相当のご高齢に見えた。

でも、カルテを確認すると、実際の年齢はまだ六十を過ぎたばかりだった。

濱野さんは認知症を患ってから独りでの日常生活に支障をきたし、いつも長女の陽子さんが付き添ってきた。

一通りの問診を終えると、僕は入れ歯を作るために口腔内の診査に取り掛かった。

若い頃に歯を無くしていたせいで歯槽堤はしっかりと残り、特に難しい症例ではなかった。

早速その日のうちに型を採り、総入れ歯の制作に取り掛かった。

濱野さんは何を訊いても「ああ」と「いや」しか言わなかった。詳しい説明は陽子さんが代わってしてくれた。

そんな濱野さんは朴訥で取っ付き難く、胸の奥に他人《ひと》に言えない何かを抱えているように見えた。


四度目の来院で、濱野さんの初めての入れ歯は完成した。

入れ歯をつけた濱野さんはふっくらとした頬に戻り、十歳ほど若返って見えた。

「初めての入れ歯なので、最初は義手や義足と同じように、慣れるまでリハビリするつもりであまり無理をしないでくださいね。慣れれば大抵のものはちゃんと噛めるようになりますから」

相変わらず濱野さんは、何を訊いても「ああ」と「いや」しか言わなかったが、そこには以前と違って少しの親しみが籠っているように感じられた。

あるいは忘却に抗い、記憶の彼方になくしてしまった大切な何かを必死に取り戻そうとし、僕に伝えようとしているようにも思えた。

もちろん、僕のただの思い込みかもしれない。でも、確かに僕はそう感じたのだ。

陽子さんも徐々に僕との関係に慣れ、いろいろな世間話をするようになった。

「父は若い時から歯がなくて、いくら言っても一度も入れ歯を作ってもらったことがなかったんです。あんなもんは金持ちの入れるもんだって言って。それが、ここにきて突然入れ歯を入れるって言いだして。これもボケのせいでしょうか？」

陽子さんは冗談半分に笑いながら言った。

「それに、どうしても先生の所じゃなきゃだめだって言って……」

「最近、何か変わったことはありませんでしたか？」

僕は一応陽子さんに訊いてみた。

「特には、ないですけど……」

陽子さんは人差し指を頬に当て、何かを思い出すときのように斜め上の空間に目を向けた。

「そういえば、最近ときどき昔の話をするようになって、朝ごはんを食べたことは覚えていないのに、昔のことはたまに思い出すみたいなんですよ」

「ああ、それは認知症の特徴の一つですね。長い間歯がなかったのも原因の一つかもしれませんよ。噛むことは脳を刺激して、認知症の症状を改善させることがあるんです」

「そうなんですか。それじゃ、入れ歯を入れていれば、少しは良くなるのかしら？」

陽子さんは優しいまなざしで濱野さんを見つめた。

「ええ、必ずとは言えませんが、可能性はあります。入れ歯を入れて物が噛めるようになるのはあたり前ですが、何事もその先にある、見えない結果の方が大切なんです」

陽子さんは不思議そうに小首を傾げ、複雑な表情で頷いた。

「濱野さんは、若い頃どんなお仕事を？」

「はい、漁師をしていましたが、夏の間は、海水浴のお客を運ぶ馬車の馭者をやっていたこともありました」

陽子さんは遠い記憶をたどるように明る過ぎる窓の外に視線を移し、眩しそうに細めた目で咲き誇る庭の夾竹桃を見つめた。

「先生が子供の頃は、もう走ってなかったかしら」

「馭者を？」

僕は、遠い昔を思い出した。

国道には路面電車が走り、夏の間だけその電停から海水浴場まで確かに馬車が走っていた。

馬車は僕の家の前を通っていた。そんな訳で、僕も物心ついた頃から毎日のように一人でその馬車に乗り、三渓園の海水浴場に通っていた。

でも馭者は何人もいたし、それはあまりに遠い記憶だった。

「いいえ、走っていましたよ。僕もよく覚えています。小さい頃、夏の間は毎日のように乗っていましたから」

それを聞いた濱野さんの目に、一瞬生気が戻ったような気がした。

でも、馬車に関しては少し苦い経験もあった。そんな訳で僕はそれ以上何も言わずに、その日の診察を終えた。


あれは僕が小学校一年生のときだったので、昭和三十七年のことだ。

僕は夏休みの間、毎日のように家の前から馬車に乗って三渓園の海水浴場に通っていた。馭者は何人かいたが、僕は決まって一人の馭者の馬車に乗った。

僕はその馭者に、前の年、癌で亡くした父の面影を見ていたのかもしれない。

そのうち馭者は僕のことを覚え、乗車賃を取らなくなった。

「ぼうず、お前は俺の助手だ。だから金は要らねえ。その代わり、何かあったらおじさんの手伝いをするんだぞ」

馭者のおじさんはそう言って僕を自分の傍に座らせ、馬の手綱を引いた。

真上から降り注ぐ陽光に馬の大きな尻が光り、胴の毛より少し濃い茶色の尻尾はまるで違う生き物のように左右に揺れていた。

その日から、僕は路面電車の車掌になったつもりで馬車に揺られた。

もちろん馭者のおじさんは運転士だ。

僕は制服と制帽を身に付けた自分の姿を想像して、馬車に乗る度いつも胸がわくわくした。

そんな日がしばらく続き、駅者のおじさんは徐々に僕に仕事を手伝わせるようになった。僕は薄汚れた白いずだ袋を持って、乗客から一人五円の乗車賃を集め、全員が乗り込み終えると、申し訳程度の扉を閉めて回転式の鍵をかけた。

馬車が三渓園の海水浴場に到着し、乗客を降ろし終えると、業者のおじさんはずだ袋から十円を取り出し、僕にくれた。

「ほら、ぼうず。今日の給料だ」

駅者のおじさんは、そう言って笑った。

僕は生まれて初めて、仕事をしてお金をもらったのだ。

八月に入り、うんざりするような暑い日が続いていた。

駅者のおじさんも乗客たちも流石に口数が減り、陽炎が立ち昇る蝉しぐれの中、皆辟易とした表情で額の汗を拭いていた。

その日もいつものように元気に馬車に乗り込んだ僕は、乗客から乗車賃を集めていた。でも、その日は乗客が多すぎて、乗れない客が駅者のおじさんに文句を言い始めた。

おじさんは客の人数を確認すると、不機嫌そうな表情で僕に言った。

「おい、ぼうず。今日は仕事はいいから、降りろ」

「えっ?」

一瞬、僕は何を言われているのか理解できなかった。それで、ただ呆然とおじさんの顔を眺めていた。

「ほら、降りろ！」

おじさんは強い口調で言った。

それでも僕は動くことが出来なかった。僕はただの乗客ではなく、馬車の車掌なのだ。

「ほれ！　ぼうず、降りろったら降りろ！」

突然、涙が頬を伝った。

僕はおじさんにずだ袋を投げつけるように渡すと、泣きながら全力で海まで走った。後から後から涙が溢れ出し、海風に乗った砂は灼熱の砂浜に立ち尽くす僕の頬に張り付いた。

沖には埋め立て工事の巨大なコンクリートの杭が何本も打ち込まれ、ダンプカーがひっきりなしに土砂を落とす大きな音が遠くから聞こえていた。

海はその浸食を静かに受け入れ、憐憫さえ感じさせる優しさで、ただそこに存在していた。


それが、僕が乗った最後の馬車だった。

海は徐々に埋め立てられていった。

その後、僕は道で馬車を見かけると咄嗟に隠れたし、おじさんに声をかけられると走って逃げた。そのくせ、僕はいつもおじさんの馬車を探していたのだ。

次の年、海水浴場は閉鎖され、もちろん二度と馬車が走ることはなかった。


暫くして、濱野さんが一人で診療室にやってきた。

受付の窓から身を乗り出すように顔を出し、濱野さんはじっと僕を見つめていた。

「ああ、濱野さん。入れ歯の調子はどうですか？　よく噛めていますか？」

僕は濱野さんに近づきながら声をかけた。

よく見ると、濱野さんの目から涙が溢れている。

「どうしました？　濱野、さん……」

濱野さんは何も言わずじっと僕の目を見つめ、蘇った確かな記憶の中に、遠い昔を見ているようだった。

「ぼうず、悪かったなぁ……　ごめんよ、ほんとに……」


――その瞬間、あの夏の日が鮮明に蘇った。

苦い記憶を忘却したのは、いや、無理やり忘却しようとしていたのは、認知症を患った濱野さんではなく僕自身だったのかもしれない。

ありったけの笑顔で、濱野さんはじっと僕を見つめていた。

乗客たちも皆一斉に僕に体を向け、何かを期待しているような頬笑みを浮かべていた。

僕は一人ひとりと順番に視線を交わすと、大きな声で告げた。

「しゅっぱーつ！」

「あいよ！」

濱野さんは、待ってましたとばかりに手綱を大きく振り下ろした。

手綱が馬の尻を叩く大きな音がして、蹄が砂利道を踏む小気味いい音と共に、馬車はゆっくり動き始めた。

爽やかな風が僕の頬を撫で、手に持つ白いずだ袋は乗客から集めた五円玉でずっしりと重かった。

濱野さんの顔が涙に揺れて見えた。

その口もとには真っ白な前歯が光っていた。

妹

加藤　八重子

三つ違いのうちの妹の話、聞いてや。

妹は小さい頃、大人しく従順で両親によう可愛がられてた。三人姉妹のおとんぼ(末娘)は、そないに可愛いのやろか？

大晦日、いつもお父ちゃんは、妹を連れてナンバの高島屋に買い物に行く。うちは、お母ちゃんの傍でおせち料理の手伝いや。

妹は、周りの人から褒められていた。中学校の先生も「ほんとにおまえの妹か？」と。妹は、やんちゃなうちと正反対。おまけに成績もええ。妹に勝つのは運動神経の良さ。うちは、運動会大好きっ子。特にかけっこ。いつもリレーの選手に選ばれるねん。妹はというと、本人は一生懸命走ってるんやろうけど、端から見てても吹き出すぐらい遅い。ペッタン、ペッタン、なんでそないに遅いねん。鉄棒かて、前回りをして手を離して落ちたことも。

のぼり棒は、地面から足を離せず、みんながスルスル登っていくのを下から見上げてる。跳び箱も、踏み切り板で止まる。超怖がり。

妹は、小二から高三まで学級委員。でも、人前で話すのが苦手やから、選ばれるのを嫌がってたそうや。こんなこともあったらしい。

六年生の時、担任の先生に「八重ちゃんは字がきれいやから児童会の書記に立候補し」と勧められ、嫌とよう言わん妹は立候補した。

講堂を埋め尽くす児童の前に立った途端、頭の中が真っ白。名前だけ言えて後は下を向いてモジモジ。舞台の袖で先生は、ハラハラ。

教室でも、本読みを当てられて読み出すと、時々、手がブルブル。声もブルブル。

そんな引っ込み思案で恥ずかしがり屋の妹が、大人になって大勢の人の前でも臆せず堂々と話すようになるんやから、ほんと人間ってわからへんな。妹は、退職後に朗読や演劇、歌を始めた。うちは妹の舞台発表をいつも見に行って応援してる。舞台度胸満点やねん。本人は緊張してるそうやけど。舞台中央で役になり切って大きな大きな声を出し発表してる。うちは、井戸端会議やったらなんぼでもしゃべるけどな。そこがちゃうねんな。

舞台いうたら、妹は和太鼓も習って舞台で発表してる。力一杯バチを振り上げ叩いてる。娘時代は、コロリンシャンとお琴を奏でていた妹やで。人間こんなに変わるもんかね。和太鼓は、スカッとして大好きや、とよく言ってたけど、大人喘息になって、ドクターストップで渋々続けるのを諦めやった。

和太鼓が駄目ならと喘息にええというオカリナを習い始めた。仲間と一緒に市内の施設を回ってボランティア演奏をもう五年も続けてる。「老老ボランティアやでぇ」と本人は言ってるけど、とても楽しそうや。なんでも意欲的な妹や。朗読クラブにも所属して、朗読ボランティアも。マイチャリンコを飛ばしてあちこち訪問。そうそう、自転車は、なんと四十代で我が子に教えてもろて乗れるようになったんやてぇ。のに、のに、今ではチャリンコ暴走族?! サイクリングのメッカ、しまなみ海道も二回行ってる。「こんなにすばらしい乗り物はない」と言って、あちこちお出かけオバさん。四十分もかけて病院までも。

そりゃ病気も逃げていくわ。大きな持病があるけど今はなんとか寛解期を維持してる。うちは、いつ再発するか、ハラハラし通し。

妹のこと、ずっと羨ましいと思ってたのは、意志の強さ。大好きな彼と恋愛し周りの反対を押し切って結婚しやった。従順な妹が押し入れに家出のスーツケースまで用意していたとは、ほんとにうちには、信じられへん。

妹は、高村光太郎の「牛」という詩の如く一度決めたら後には引かへん。それに猪突猛進型。脇目も振らず打算もなくつき進むねん。

仕事もそう。自分のなりたかった仕事に就いた妹は、いつも全力投球。二人の子どもを一歳から保育園に預け、朝から夜遅くまで働きに働いた。仕事が大好きやった。妹の天職。でも、二人の子どもには十分なことが出来ず申し訳なかったと今でも悔いてる。

妹は箱入り娘のお嬢さんやった。学友からも「加藤さんは、良妻賢母になるわ」と言われ、うちも温室育ちの妹に、ワーキングママが務まるかいなと心配してた。

妹は、よく大きな病気をして何度も何度も入院してる。若い時、肺炎と胸膜炎で生死を彷徨ったこともあった。お医者さんは「覚悟をして下さい」と。うちらも覚悟してた。

妹は、この時のことを後に「人間は、こうやって死んでいくんやろな」と思ったと言う。

新婚一年もたたない妹の夫は、そりゃ必死で寝ずに看病してた。うちも時々代わって妹の傍の簡易ベッドに寝たわ。四十度を超える熱が十日程続いたもんな。よう生還できたわ。

妹は、いつもお医者さん始め病院のスタッフの方々に心の底から感謝してる。うちが、お医者さんの話で忘れられへんことがあるねん。

「再発性多発軟骨炎」という難病に妹がかかり、病気についての説明を妹と一緒に主治医から聞いた。うちは聞いていて我慢が出来ず涙があふれた。当の本人は、しっかり聞いてる。なんでそんなに根性座ってるねん。

妹は、二つの難病を持つ。二つ目は「潰瘍性大腸炎」この時も突然の下血で即入院。タクシーで一旦自宅に帰って入院の準備のバッグ（常時、用意してる）を一人で取りにいってる。入院慣れ？　こんなん慣れんでええのに。

病気の為、泣く泣く退職。定年まで働きたかったよう。でも、退職後も短期間の仕事を頼まれたら難病抱えた身体でホイホイと働きに出る。退職後も喘息や肺炎で入院してるのに。去年は椎間板ヘルニアで入院。出産よりずっと痛かったと。寝た切り状態が続き、うちは「今度こそ妹も終わりやな」と思ったわ。

全身薬疹で痒みの地獄を経験したり、一時目が見えなくなったり、妹の病気のこと、話し出すと本当にきりがない。

でも、でもこんなに病気をして痛い辛い思いをいっぱいしてるのに呆れ返る程、懲りないねん。反省するのは入院中のベッドの中だけ。「もっと身体の声を聞こう」なんて言ってるんやけど、治って暫くは大人しくしてるのに、またまた何も無かったかのように動き出す。怖がりの妹は、どこへ行ったん。

妹は、好きなことがいっぱいでどれも頑張る。「やり過ぎやー」と言うと「今まで一生懸命頑張ってきたご褒美、ご褒美。大丈夫」って。

妹の好きなこと？　思いつくだけでも相当ある。和太鼓、オカリナ、朗読、歌、書道、水彩画、サイクリング、ハイキング、卓球、カラオケ、麻雀など。麻雀は一緒にしてるんやけど、妹は「女雀士になりたい」などと言ってる。

妹は家事も好きで料理、清掃も楽しんでやってる。仕事をはじめこれだけ好きなことをいっぱいしてきてる妹の人生、人の何倍も濃縮人生。友達もいっぱいいる。二人の子どもにも、可愛い可愛い孫達にも恵まれている。

子どもと遊ぶのが大好きで、誰がバァバか孫達か、子どもと溶け込んで遊んでる。（バァバはおもちゃ）と言われてるらしいけど。

妹は、ええことも辛いこともいっぱい経験。一人何役もこなし、苦労も多かった妹は、それをみんな肥やしにして羽ばたいているように思うわ。

大いに学び、大いに働き、大いに遊び、大いに悩み、大いに青春謳歌、いえ老春謳歌。いっぱいのステキな人達に出会い、いっぱいの幸せをもろて、本当に羨ましい程の豊かな人生を送ってきてる。もうすぐ七十歳、古稀。これからも身体を大事にして、余生も仲良く過ごしていこうな。なあ、妹よ。

いやー、長いこと妹の話を聞いてくれて、ありがとう。

妹って、実は、「わ・た・し・」です。

キーケース

ひとみ　まさる

「一度、ウチに遊びに来なさい。」

母から連絡があったのは、両親が別れてから数週間が経った頃だった。弟を連れて母が移り住んだ街は僕の下宿から電車を二回乗り継いだ大阪の端の方にある。

電車を降りると初夏の太陽が裏寂れたロータリーに長い影を作っていて、涼しげな風が街路樹を小さく揺らしている。時折自転車に乗った学生たちがワイワイと何かを話しながら通り過ぎていく。

駅まで迎えに来た買い物帰りの二人は折りたたみ式の物干しとハンガーラックを担いでいた。アパートまでの道すがら、僕らは僕の大学のことや弟の予備校のことなんかを話した。

両親は昔から仲の良い方ではなかった。もちろん家庭内に暴力があったわけではないし、両親はそれぞれの形で僕と弟に愛を注いでくれた。父は大手企業のサラリーマンで、母は小学校で先生をしていた。だから金銭的に困った覚えはないし、どころか僕らが通っていた学校の中では裕福な方だったのではないかと思う。世間から見れば、何の変哲も無い〝フツウ〟の家族だったわけだ。

けれど、僕が大学に入り家を離れたことで何とか保たれていた家族のバランスは完全に崩壊した。少なくとも僕はそう考えている。両親の間には喧嘩が絶えないようになり、弟は精神的に疲弊して学校を休むようになった。そして僕はそういった家族の問題から目を背けるようになった。

五分ほど歩くと横長のアパートが見えてくる。外壁はクリーム色のペンキで綺麗に塗り直されているが佇まいの節々にそれなりの築年数を感じさせる。

「オートロックが壊れてるねん。」

と言いながら入口をガチャリと開ける母はどこか得意げに彼らの新居を指差した。

１０５号室。

ドアを開けると、見覚えのある傘とバケツが目に入る。引越しの際に持ってきたのだろう。玄関のすぐ右手には弟の部屋があって、六畳ほどにこれまた見覚えのある机とベッド、本棚が置いてあり、あとは引越しのダンボール。彼の部屋の向かいには脱衣所と風呂場があって、廊下の突き当たりが和室、その隣がキッチンと小さなダイニングになっている。やはりここにも片付けきれていないダンボールがあって、彼らが長く住み慣れた街を離れてから、まだ日が浅いことを象徴している。

どこにでも座ってと言われ、僕はダイニングある白いソファに腰掛けた。いつか、もう随分前に座っていたソファ、そこから見える部屋の景色にも見覚えのある家具がいくつか並んでいる。僕がぼーっと部屋を眺めていると、弟は早速ハンガーラックを組み立て始めた。特にすることもないのでこれまたぼーっと彼の作業を眺める。その部品はそこじゃない、それは後でつけるハズだなどと心の中で思いながら、僕は口を出さない。彼がそういう口出しを一番嫌がることを僕はよく知っている。

ひと段落したのか、母がおもむろに現状について話し始めた。父との離婚のことや僕の扶養のこと、親戚のことや弟の学費のことなど、いつものように要領の得ない話し方である。それでもひとしきり話し終えて、今度は僕が質問するばんになった。いくつか金銭的なことを聞いて、後半は弟に向かって、最近の勉強のことや進路のことを聞いた。彼は口数の多い方ではないので、二言三言返事をしてすぐにまた黙々と作業に戻る。そう、こういう風景だ、僕がこれまでなんどもなんども見てきた風景だ。

「カレーを温めるから食べていきなさい。」

と母が言うので僕はご飯が炊けるのを待つことにした。改めて室内を見渡すと新しいテレビの隣に固定電話がある。あぁ、母はここで生きることを決めんたんだな、全然知らない街で弟を養っていくことを決めたんだな。何だか急に彼女の強い意志を感じた。僕は何も言わなかった。

数分すると、炊飯器が音を立てて完成を知らせた。母は僕に好きなだけ食べなさいと言いながら皿としゃもじを渡した。五号炊の炊飯器にはいっぱいの白米が入っていて、つやつやと光っている。僕は下宿で米を炊かないので久々の光景だ。母がカレールーを注いで皿を僕に返した。

「ジャガイモいっぱい切ったのに全部溶けちゃった。」

これは昔からの母の口癖だ。忙しい母は普段あまり料理をしなかった。夕食はだいたい店屋物で朝食は菓子パンだった。だから〝母の味〟みたいな明確なものはほとんどない。昔、父が「かーちゃんホンマは料理うまいねんぞ。」とよく言っていたが、それも本当かわからない。その代わりに、時々母がちゃんとした料理を作ってくれるのがとても嬉しかった。だから、「ジャガイモいっぱい切ったのに全部溶けちゃった。」と言う口癖は、僕の持っている数少ない甘美な家族の思い出に付随して、今でも心に残っている。

僕はカレーを食べ終えて、小さくごちそうさまと言った。口には出さないけれど、母は嬉しそうだった。弟も嬉しそうだった。僕はカレーのついたスプーンを眺めていた。僕の家にあった銀色で上部に飾りが施された中くらいのスプーン。昔使っていた時はただのスプーンで、もちろん今もそれは変わらないのだけど、不思議とそれがとても大切なもののように思えた。

また少し話をして僕は帰ることにした。もうその頃には弟はハンガーラックを組み立て終わって自分の部屋にこもっていた。母は駅まで送ると言ったが僕はそれを断った。すると、「そうか、気をつけて帰りなさい。」と言った。僕はドアをノックして弟に何か伝えたかったけれど、訳もなくもうこれ以上この家にはいられないような気がして、一言だけ、

「頼んだぞ。」

それだけ言ってドアを閉めた。弟は何も言わなかった。

駅までの道は、もうほとんど陽が落ちていて、来た時とは全然違う道のように見えた。街は夜に飲み込まれそうになっていて、風は少し冷たかった。僕はもうここには来ないだろうなと思った。きっと、この街は僕が来るところではないのだ。

各駅停車しか止まらないホームに立って電車を待った。その間に急行がいくつか駅を通り過ぎていった。僕は急に、本当に急に、涙が出そうになった。それはまるで決壊寸前のダムみたいにひと時でも気を緩めるとうわっと溢れてしまうみたいだった。それでも僕は何とか堪えて電車に乗った。一生来ないなら今ここで大声を出して泣いてしまってもいい

のではないかと思ったけれど、あと少し勇気みたいなものが足りなかったのだと思う。

僕は車内で母から預かった新居の鍵をキーケースにつけた。キーケースの中で鍵はジャラジャラと鳴っている。

僕の持っている鍵は昔と比べればかなり増えた。昔は実家の鍵を持っているだけだったけれど、そこに下宿の鍵が増えて、大学の鍵が増えて、そしてまた一本増えた。でも、それに反比例するように、僕が帰る場所はなくなった。僕が心から帰りたいと思う場所はなくなった。でもそれはきっと、僕には、いや誰にも、どうすることができなかったのだと思う。

右手のキーケースの中で鍵がジャラジャラと鳴った。それは家族の音だった。

約束は無期限有効

江藤　英樹

「ねぇねぇ、お兄ちゃん、これ見て」

妹の娘、つまり私の姪である理恵が大手玩具店のチラシを持って近づいてくる。

当時30代前半だった私は理恵に、叔父さんとは呼ばせず、お兄ちゃんと呼ばせ悦に入っていた。

「この、おうちとネズミ可愛いでしょ。レイちゃんが同じ、おうち持ってるの」

レイちゃんとは同じ保育園の友達らしい。

その子がチラシに載っているシルバニアファミリーの、玩具を持っているということは、すぐ理解出来た。

「ママに理恵も欲しいって言ったら、

『もうすぐ小学生になるんだから、お勉強の役に立つ、おもちゃにしなさい』だって。

でも、これ、すごーく欲しいなぁ」

へぇっ？　もしかして、私におねだりしてる？

その当時、私は失業者だった。正確にいえば当時に限定したものでは無く、学校を卒業して30代半ばまで、転職をくり返し、同じ仕事を3年と続けることが稀な、ダメ叔父さんだったのだ。

仕事は変わるが住所は大阪に定住しており、前職を退職し次の勤務先が確定するまでの短い期間を利用して、故郷の福岡に帰郷するのが、いつものお決まりだった。

帰るたびに両親から説教をくらい、妹からは冷たく無視されるという、腰の落ち着かない、頼りにならない、まるで（男はつらいよ）の寅さん状態だったのだ。

さて、この時が何度目の帰郷だったか定かではないが、すでに妹は地元の堅い男と結婚して翌年には理恵が誕生し、さらに3年後には次女の理奈まで生まれ、ささやかながらも幸せな人生を送っていた。

「この、おもちゃ屋、すぐ近くにあるよ」

それがどうした？　私は失業者だぞ。人を見てものを頼みなさい、とも可愛い姪には言えるわけも無く、

「それは、ママの言う通りだぞ。理恵は来年、小学生だから、お人形さん遊びも、そろそろ、お終いだな」

私がそう言った後の理恵の顔は、それはそれは悲しみに暮れる少女、そのままだった。

母親に無理を通すのは諦めているが、時々、出没する、自分には優しいお兄ちゃんならと、淡い期待を持っていたのだろう。

涙を浮かべ、寂しい顔を俯けて去っていく姪に、いたたまれなくなったのか、からかい半分だったのか、今となっては思い出せないが、

「理恵が小学校でクラス委員長や勉強が一番になったらシルバニア買ってやるよ」

「本当？　本当に？　指きり。指きりしよう」

両親や妹の氷のような視線を背中に浴びつつ、叔父と姪のささやかな約束は締結された。

理恵は我が家系の血筋と思えないほど、賢い娘だったようでクラス委員長は、おろか、6年の時には生徒会長にまでなり、地元の進学高校には無試験の推薦入学まで果たした。

無論、あの時以来、何度も帰郷はしたが、理恵の口から、あの日の約束を問い質されたことは無い。当然、私も知らぬふりだ。

あれから20年以上もの月日が過ぎた。理恵は、母親を真似たかのように、真面目な男と結婚し福岡で暮らしている。子供も母親と同じく娘が2人。その長女が来年、小学校入学のタイミングで今回、帰郷することになった。

私の家族も伴っての賑やかな里帰りだったが、少しの間、理恵と話す機会があった。

「来年、娘が小学校だろ。何か祝い買ってやろうか」

「へぇー。珍しい。そんなことしてくれるの。じゃぁ、ひらがな練習用の学習キットにしようかなぁ？　あっ、待って、そうそう思い出した。思い出したぞ」

　ニヤリと笑って私を見据えた理恵の、意味ありげの顔に、私の胸の鼓動は、高速の除夜の鐘のように鳴り響いていた。

命がけのラブレター

石黒　以津子

「いよいよ明日、退院ね、三週間お疲れさま」

私はまず病室の夫に声をかけ、それから「ちょっとトイレに行ってきますね」と告げ、内緒で担当医との面談に向かい、そこで夫の癌再発、そして余命半年を知らされた。夫はまだ五十六才だというのに、ついにその日が来てしまった。しかし、自分でも驚くほど冷静にその現実を受け入れられた。いつの間にかこの日を迎える覚悟ができていたようだ。

癌再発は夫に、より一層「死」を近くに感じさせるもの。どれほどショックを受けることだろう。一年前、何の気遣いもなく唐突に癌告知をされたあの日の情景と会話が克明に蘇った。外見は大柄で筋肉質、太っ腹に見えるが、内面はとても繊細な人である。あのときの残酷な思いを二度とさせたくない。そこで私は自分で夫に癌再発を直接告げたいからと主治医に願いで、一週間自宅で過ごさせてもらうことにした。

病室に戻った私に、

「お母さん、どこへ行っていたの。トイレで倒れているんじゃないかと思って、看護師さんに探しに行ってもらったんだよ」と、夫は心配顔でそう言った。

「ごめんなさい。廊下で偶然先生にお会いしたの。折角だから、あなたの検査結果を一足先に聞いてきちゃったわ。『肝臓と膵臓が少し腫れているから、一週間後に再入院してその治療を始めましょう』ですって」。

その瞬間、これまで萎んでいたゴム風船に突然空気がいっぱい入れられたかのように、ベッド上の夫は上半身を左右にぶるぶるっと振るわせ、「やったー」と叫び、私に握手を求めた。翌日、彼は嬉しさを隠しきれず両手で万歳し、おどけながら病院の玄関をスキップして出てきた。その姿を笑顔で見守りながら、切なさで胸が張り裂けそうであった。しかし、癌の再発に怯え憔悴しきっていた夫を、一時的にでもその不安から解放してあげられたことは良かった。

一日も早く癌再発を知らせ治療への心構えをさせなければと焦る自分と、なかなか言い出せない自分との葛藤が暫く続いた。冷静に尚且つ、夫に現実を受けとめる充分な時間を与える告知方法として、私は手紙を選んだ。前夜に用意し、翌朝、リビングの彼の席に祈るような気持ちでそっと置いて出勤した。

誰よりも大切なあなたへ

　このまえの日曜日、久しぶりに二人で散歩に出かけ、とっても楽しかったね。あの時の楽しみをこれからもずっと続けていきたいから、あなたにこの手紙を書くことにしました。肝臓に新たなガンが見つかったそうです。入院生活ですっかり気弱になったあなたに、こんなことを告げるのは酷ですが、少しでも早く現実を受けとめ、それに向かって同じ気持ちでいられるために、あえて知らせます。だってあなたは私の人生の全てだから。

　入院中、ガンの再発かもしれないと不安に思うあなたにとって、本当に過酷な三週間でしたね。千英子が「お父さん、お母さんがいないとすごく寂しそうだし、どんどん病気になっていっちゃいそうで心配」と言っていましたよ。入院生活から解放されて、日曜日は好きな庭弄りをし、美味しいものを食べ、家族でよく笑い、誰もたいしてあなたのことを気遣うこともなかったけれど、「やっぱり、家はいいなぁ」とあなたが呟いたとき、みんなで楽しく、自然体であなたの病気と付き合っていくことが、あなたにとっても家族にとっても一番良い方法だと感じました。「ガンを叩き潰す」という考え方はあなたのように気持ちの優しい人には不向きな気がします。あなたの性格に一番あっていて、尚且つ、私自身もあなたにとって最良と思える治療法はないかと考えたとき、帯津先生の『ガンは心で癒せる』という本が頭に浮かびました。自然治癒力を重視した治療法は素晴らしく、その理論がとても自然の摂理にあっていると感じたからです。あなたはみんなを楽しませるのが得意です。そうしていれば自然に病気も治る方向に進んでいくと思いますよ。あなたには自然治癒力がとても沢山あるように思えてなりません。あなたはこれまでに大勢の人たちを励まし、勇気づけてきましたね。今度はあなたがその人たちから「元気の出るもと」をたくさん吸収する番ですよ。その気になれば、あなたは普通の人たちより何倍も自然治癒力を発揮できると確信しています。

あなたと結婚して三十年、四人の子供に恵まれ、子育てで悩んだり、会社が倒産したりと、いろいろあったけれど、どれもみんな素晴らしい経験になっていますね。去年、ガンと宣告されたとき、覚悟を決めました。これから私はあなたが上手にガンと共生していくためのプロジェクト・リーダーとしてフル活動しますよ。

大一朗にはお酒を飲みながら、もっと男としての生き方を教えたいでしょ。三人の娘たちとは花嫁の父としてバージンロードを歩きたいでしょ。孫は何人になるかしら。私と一緒にテニスをしたり、ガーデニングをしたりして老後生活を充実させましょうね。ここまで書いたら、これからの生活がすごく楽しみになってきちゃった。今日も元気に仕事に行ってきます。

あなたの一番頼りになる妻より愛をこめて

「行ってきまぁーす」

明るい声を上げて玄関の扉を閉めると、いつものように涙がどっと溢れ、ハンカチで声を押し殺して泣きながら歩いた。我が家から成城学園前駅まで、そして小田急線相武台前駅から職場までどちらも歩いて十七、八分の距離である。あの当時、この二つの道は私にとって神様から与えられた道であった。にわか役者が緊張しきって演じた舞台から降りて、ほっとできる楽屋のように…。思えばこの二つの道があったお陰で、職場でも夫の前でも元気いっぱい振る舞い、笑顔を見せ続けることが出来たのだ。

手紙を読んで夫はどのように現実を受け止めることだろう、夕方帰宅した私をどのように迎えるだろうと、その日、仕事の合間に彼のことが何度も気にかかった。

「ただいまぁー」という私の声に、「お帰りぃー」という彼の明るく元気な声が返ってきた。

「お母さんに心配かけて悪かったね。もう大丈夫だよ、頑張るから。お母さんの手紙はどんな癌の治療本より説得力がある。これからは毎日書いて元気づけてほしい」というほど、私の手紙を喜んでくれた。私の拙い手紙が彼の心の支えになれることが嬉しく、彼を元気づける心の抗がん剤として役立てばと、その日から夫への手紙がスタートした。

抗がん剤治療も始まり、毎日見舞いに行かれない私を「お母さんが来た」と、ベッドで母を待ちわびる子供のように喜び、拍手で迎えてくれていた。ベッド脇にはいつも私からの手紙のファイルがあった。一人で病室にいて、寂しくなったり、不安になったりする度に、手紙を何度も読み返し、心に響いた言葉や文章をオレンジ色のマーカーでしるし、自分自身を勇気づけていたようだ。

夫への手紙は二〇〇〇年七月十六日、僅か三か月足らずでその役目を終えた。しかし、私は夫への手紙をやめられなかった。やめていたら私は立ち直れていなかっただろう。一方通行の会話であっても書き続けてきたことで私は彼に励まされ、癒されてきた。

あの日からすでに二十年の時が過ぎたが、これから先も私は書き続けていくだろう。

失われし時

神　喬子

僅か750円ばかりの硬貨を握りしめて君は、今どの辺りを走っているのだろう。心の何処かに母親の叱責、罵声を思い出して苛々とした気持ち、怒り、どうしようもない虚無感にさいなまされてバイクを駆っているのだろうか。それとも新緑の光る木立の中を抜け、黄金色に輝く麦畑、丁度収穫時の喧噪に活気を得て心地よく農道を走っているのなら、少しでも健康的な生の喜び幸福感に浸っているのならば、もっけの幸いだ。

ずっと以前には、クラシック音楽を愛好し毎日聴いて曲名や作曲家に相当詳しくなって家族が一日おくようになった。

得意な絵で公募に入選したこともあった。

今は読みもしないのに、政治に関する本や外交の本を買って本棚に飾ることに満足しているが、新刊なので安価ではない。

毎日、1000円、2000円とせびり、時にはサイフから抜いて買うので年金生活で余裕ない我が家の脅威となって争いが絶えない。

万一、万引きなどしたらと恐れ、最後には嫌味と共に投げつけるように渡す始末だ。

中学1年生の秋に不登校になってから、その時代に時が止まってしまったのか、昔の雑誌から中学生風の垢抜けない少女の写真や、一昔前の女優の写真を切り抜いてファイルに収めたりもするし、いまだにビックリマンのカードを漫画倉庫に捜しに行き購入してきたりする。とても40歳近い年の男性がするには幼稚極りない。

何故こんな生き方しか出来ないのだろう。人並みに会社に勤め、恋をしたり、友人や仲間とスポーツに興じたり飲み会に参加したりとか社会と繋がりが持てないのだろう。社会性が何故生まれないのだろう。

長い間、放置していたわけではなかった。

手さぐりながら、いろいろと手をつくし、学校も仕事も続かず諦めて家に籠る生活に親も子も馴染んでしまった。

外でトラブルをおこすより、家に居る安全を選んでしまった。

余裕のない家計を補う為、20年にも及んだパートを辞めて、少しばかり時間と肉体的にゆとりが生まれた今、25年前の不登校になった当時を振り返ると、母親としてなんと生ぬるい対処をしたのか悔やまれてならない。

もう少し体当たりで、息子をいじめの地獄から救うべきだったのだ。是が非でも助け出す気概が足りなかった。いじめっ子の家に押しかけ、息子の苦悩を訴え、息子に謝罪させ反省させるべきだったのだ。

学校から帰るとすぐ風呂に長く入り、部活の仲間からくさいと中傷されたのを苦にして石けんで何回も洗い流していた苦痛を何故、早くわからなかったんだろう。

クラスの中でも、障害のある同級生の隣りで世話をして、理解出来ないとこづかれ、何故やり返さないかと担任から言われ、男らしくないとも言われた。中学校は、2つの小学校との統合で、障害のある同級生の扱いがわからなかったのだ。席替えを頼んだが、対応せず、不登校になっても担任は1回来ただけで、後年息子が家に電話しても返事もなかった。部活とクラスのダブルパンチだった。

自室に籠り、ドアに鍵をかけ、包丁なども部屋に持って行き、自死を心配する余り大学病院の精神科に1年間も孤独な入院生活をさせてしまった。薬づけの生活にさせてしまったのだった。他に選択の道は、本当になかったのだろうか。不幸な人たちとの出会いが、人間不信を生み、かくも長き時間、いまだ苦悩の中にあって精神が彷徨っているのだ。

このままでは、夫も私も安心して死ねない。この世に生まれて来てよかった、と言ってもらいたい。自分の命に自分の存在に意義を見つけてもらいたい。何故、産んだのかと責められたくない。

息子の半生はまだ雨が降り続いている。いつかその雨もやみ、雲の切れ間から青空が広がり、太陽の光が輝く日が訪れることを信じたいと思う。私の人生には、まだ背に重い荷を背負っているが息子の苦悩を思うと弱音など吐けるはずがない。何か方法があるにちがいないのだ。最善の手だてが見つけられていないだけなのだろう。

父と奇跡とおいなりさん

野田　ちはる

父、奇跡は起こるんだと教えてくれた人。

私の父は古風で無口でとても頑固な人だった。私には甘く、とりわけ優しかった気がする。私が物心ついた時にはもう目が見えていなくて、小さい頃から外を歩く時は私は父のガイド役だった。

食事の前には必ず一度、手を取ってお箸を運んでひとつひとつおかずの位置を教えてあげる。そうすると、あとは見えてるみたいにスムーズに食べるから子供ながらにすごい感覚だなぁって感心していた。視覚以外の五感は敏感で、人一倍鋭かった気がする。わずかな音や熱に気付いて火事を未然に防いだり、会計で出されたお札の間違いも手触りで即座に指摘したし、大嫌いなトマトを察知してきれいに避けて残した。

両親は大阪の古い自宅で、結婚以来ふたりで小さな酒屋を営んでいた。一階の半分が小売りの商店で、もう半分が立ち飲みスタイルの店舗、二階が住居だった。今思えば、四十年以上もよく商売を続けたと思う。私の知らないところで大変なこともたくさんあったに違いない。

私は配達が入ると、勉強中でも友達と遊んでいても、お呼びがかかって中断して付いて行かなければならないので、家か家の目の前にある公園で遊んでいることが多かった。小学生の時に一度だけ「もっといっぱい普通に遊びたい」と母に泣きながら猛抗議したことがある。何て言われたかは忘れたことにする。

父との配達や集金の帰り道、たまに馴染みの喫茶店にふたりで寄り道するのが楽しみだった。扉を開けるとカランコロンと心地の良い音が響くレトロな雰囲気のベルが大好きだった。何も聞かずに決まって父は「レーコーとミックスジュース」って注文した。たまにクリームソーダに変更してもらった。ほんとはチョコレートパフェに憧れていたけど遠慮した。レーコーって、冷コーヒー。アイスコーヒーのこと。喫茶店で普通に通じていたし、昔は特に気にも留めてなかったけど、ちょっとダサいし父のオリジナルのような気もしていた。後に大阪の方言のようなもので一般的と知ったけど、なぜかちょっとがっかりした。

手をつないで歩くのが当たり前だったのだけど、成長するにつれて友達やご近所さんに見られるのが恥ずかしくなった。

手をつないでいたのが腕をもつようになり、肘のあたりの服をつまむようになって、どんどん触れる面積が小さくなっていった。

そんな変化に父は何か寂しさみたいなものを感じていただろうか。

中学生の時には少し離れて後ろを歩き、目を逸らしていたら父が電柱にぶつかって、顔に怪我をさせてしまったことがある。

父は少しも怒らなかった。

帰ったら母にひどく叱られたけど、私はふたりに目も合わせずに小さくゴメンと言っただけで二階に駆け上がったのだった。

今でもたまにこのことを思い出して切なくなる。父はいったいいつまで覚えていただろう。


中学三年生のある日の夕方、学校から帰った私の顔を父がまじまじと見つめ、「えらい急におばちゃんになってしもうたなぁ」と言って笑った。意味がわからなくて言葉に困っていたら、「お父さん、ちるの顔見えてるんよ」と母が言った。もっと意味がわからなかった。

……そんなはずないやん？

その朝、奇跡は起こっていたのだ。

母が隣に寝ている父に起こされて何かと思ったら、部屋がぼんやり見えるという。母は半信半疑であれは何？　これは何？　と尋ねると、しばらくじっと見つめて答えるのだという。私も父にひとしきり、あれやこれやと聞いてみた。嘘でも夢でもなかった。はっきりとではないけれど確かに見えていたのだった。

あの時は本当に信じられなかったけど、あれほど感動したことはない。

久しぶりに光を感じた父はどんな思いだっただろう。

あの時の幸せな顔は一生忘れられないと母は言う。私はそう話す母の幸せそうな顔を一生忘れないだろう。

数年後にはまた見えなくなってしまったけれど、起こるんです、奇跡。

父がそのことを教えてくれたおかげで私は今、奇跡を信じて頑張ることができている。もしかしたら今の私のために神様が起こしてくれた奇跡だったのかもしれないとさえ思う。母が諦めずに信じ続けて父を支えていたことも、私の糧となり力となっているのだ。かけがえのないものをくれた両親には感謝しないといけないなぁ。

父の中では私の顔は中高生の時のまんま。娘がちょうどその年頃。娘は中学一年生の時に病気を患い、以降弱音も吐かずに入退院を繰り返しながら治療に臨んでくれている。明るく前向きに頑張る芯の強さは隔世遺伝なのかもしれない。

娘と帰った時に「もう中三になったんよ」と伝えると、父は「ちるに似てるんか？」って小さく聞いた。覚えてるんやね、あの頃の私の顔。「そう言われることもあるよ」と答えると「ほうか」ってちょっと嬉しそうだった。私はもう、ほんとのおばちゃんになってしまっているけどね。

ある夜珍しく携帯のコールが鳴った。電話は滅多に掛かってこないからたまに鳴ると最近はドキッとする。電話が掛かってきて良いお知らせだったことはあまりない。しかも病気療養中の父の携帯からだった。

もごもごとくぐもった声がうまく聞き取れなかったけど、「またすぐ行くからね」と伝えると「はーい、じゃあ」とだけ言って切れた。なんだか胸がざわざわとした。

長く生きていいてほしい、そう思った。

東京と大阪は新幹線でたった二時間半ほどなのに、結婚してから実家に帰るのは年に一、二度ほどだった。父の病が重くなってからはもう少し帰るようになった。

電話のあった週末はちょうど父の日で、おいなりさんをこしらえて一人で会いに行った。少し甘めに炊いて味の染みたふっくらとしたおあげさんに、五目寿司を詰めたいなり寿司。いつもお正月や娘の運動会のお弁当に作るのだけど、父に食べてもらうのは初めてだった。だいぶ食が細くなっているはずだったけど、美味しいと言ってよく食べてくれた。

そういえばいわゆる反抗期だった頃、私が握った何の変哲もないおにぎりを食べて無理矢理褒めてくれたことがあった。その頃の私には、その場を取り繕うような白々しい褒め言葉がどうしても受け入れられず、鼻先で笑うようにして相槌さえも返さなかった。そのことが急に思い出されて涙が出た。ずっとどこかに引っ掛かっていたのかもしれない。おいなりさんを父と一緒に食べるつもりだったけど、大事そうにゆっくりゆっくり、もっしゃもっしゃと食む姿を、目の前に座ってただじっと眺めていた。その時はもうそれだけで、胸もお腹もいっぱいだった。

それが父に食べてもらった私の最後の手料理となりました。それから二ヶ月足らずで父は亡くなり、おいなりさんが父との思い出の特別な料理となりました。

あれから五年が過ぎ、今ではおいなりさんが父のことを思い出させてくれています。娘は二十歳になり、ますます父親似の私に似てきています。ちょっと頑固なところまで。

あの頃はいろいろとごめんなさい。大切なことを教えてくれてありがとうね。と、随分遅くなったけど、天国の父に伝えたいです。父の日にはおいなりさんと一緒に、とびきりいい香りのするお茶とお花を捧げています。目の見えない父にも届くように。

父の遺産

松崎　欣子

大正四年生まれの父は平成十二年八十六歳で亡くなった。真夏の八月三十日早朝自宅で息を引き取った。胃腸が弱くそれでなくても痩せ型だったが、肺ガンを病んだ父はさらに小さくなっていた。

父は不器用で大工仕事など大の苦手だった。母が「新婚の頃台所に棚を作ってもらったら、載せた缶がコロコロ転がった」と笑っていたが、とにかく棚一つまともにできない不器用さなのだ。家の小さな大工仕事、ふすま張り、少々の電気の修理は生来の器用さで母がこなした。我が母ながら、人の悪口は言わない愚痴はこぼさず人づきあいがよく、よくできた人だった。私はといえば、父に輪をかけて手先は不器用で学校の工作は母の助けを借りなければ仕上がらない。家庭科の裁縫の宿題など必ず母にすべてほどかれて縫い直された。母はいい加減ができないから子供のレベルと違う夏休みの作品を提出するのは、私にとってはこれまた屈辱なのだが、気の弱い私は拒むこともできずおずおずと提出した。先生はお見透しだったであろう。

なにをやっても器用でそつがない母と、不器用で臆病な父の間に生まれた私だが不器用さも気の小さいのも父の遺伝子を百パーセント引き継いだ。内心母をうらやましく思ってはいても母には理屈ではない強烈な反抗をしたが、父親に反抗したことはなかった。気の小さい子煩悩な父の中に、自分も同じ生き方の不器用さを感じ、似たもの同士の連帯感があったのかもしれない。

夕方の雨には最寄りの駅まで傘を持って父を迎えに行くのが長女の役目。二人で何を話したかは覚えていないが幼い頃の甘い郷愁が匂い立つ。

やせている父の胸は肋骨が浮き上がり、太股には大きなケロイド状の十センチほどの傷がある。満州から引き上げてくる途中の難民生活の中で、化膿した傷口をカミソリで切開したのだと聞いた。

私は昭和十九年生まれ。満州・北安省で生まれ二歳の時引き上げてきた。

父は長野県の農家の四男。昭和十年入隊後、十二年宇品港を出帆して満州へ転戦し十五年召集解除されている。その後「興農合作社」という軍のために食料調達する国の機関に就職して満州に渡った。遠縁の母と見合いし結婚して終戦前年に生まれたのが私だった。

満州での生活についてはほとんど聞いていない。聞き取る機会はいくらでもあったのに、聞いておかなかったことを両親が亡くなってからおおいに悔いた。

冬の寒さが厳しくて二重窓の間に食料を置くとカチカチに凍ったと、母が言っていたことくらいしか聞いていない。

そして終戦を迎え一歳の私をつれての避難民生活が始まった。

北安（ペイアン）から中心地の長春まで約五百キロ。貨物車でリュックに詰めるだけの荷物を入れて、といっても赤ん坊のためのおむつや身の回り品が最優先であれば、ほとんど身一つの逃避行になる。川のそばに停車したら汚れたおむつを洗いに行くのが父の仕事だった。その後長春で、引き揚げ船に乗るまで約一年間の難民共同生活が続いた。共同体のリーダーがいて助け合いながら集団生活で生き延びた。地元の農家から大豆を仕入れ、味噌を作って現金収入を得たという。

後に何年もこの仲間との交流があり毎年集まっていた。一度私も参加したことがあるが「あのときの栄養失調の子がねー!!」と感動された。

話は戻るが、この時期にまず母がそして看病した父が、相次いでコレラに罹った。

乳飲み子の私はこのコミュニティに助けられ命をつなぐことができた。そして父は消毒の行き届かない注射針から化膿して、傷口を麻酔なしで焼いたカミソリで切開したという。引き揚げ船で博多港につき、長野の父の実家にたどり着いたとき、祖父母は亡霊ではないかと驚いた。やせ細りよれよれの着たきりの風体で、栄養失調でやせこけた2歳の子供を背負って、全く予告もなく帰ってきた。

五年ほど父の実家に家族三人は居候することになった。急遽納屋を片づけてそこで寝起きしたがこの辺から私にも少し記憶がある。

祖父母、長男夫婦のいる夫の実家に居候するのは母にとっては肩身が狭かったであろうが、ここでも母の器用さは一目置かれる。昼間の農作業を人並みにこなし（商家の娘なのに！）夜なべのむしろ編みも「あんたの仕上がりは上等だ」と姑をうならせる。

父は農林省統計事務所に職を得て、私は祖母にかわいがられて貧しいけれど健全だった。念願の居候生活を脱したのは、昭和二十五年。私が小学一年生の時だった。

六畳二間、二階に十畳一間の「熊の小路」という小路に面した貸家だった。米屋を営む大家さんの貸家が三軒並ぶうちの一軒で五十メートルほどの小路。向かい側は「鍋や」という屋号の鋳物工場の土塀が巡っていた。

小路は子供の絶好の遊び場で、冬になると降った雪を盛り上げて水を張って凍らせ、絶好のそり遊びのゲレンデになった。

家の裏には生糸の糸繰り工場があり、繭をゆでる生臭いにおいが漂っていた。ある時この工場から出火して火柱が立ち、我が家の2階を消防車のホースが通され、教科書や文房具が水浸しになった。そんな事件もあったがおおむね子供にとっては「狭いながらも楽しい我が家」だった。

父はお酒が大好きで酒の失敗も数多くある。汽車で乗り過ごして終点まで行き、帰る汽車がないので駅のベンチで寝たとか、列車の中で寝込んだ間に財布を盗まれたとか。

夜遅く熊の小路に酔っぱらいの大声がすれば、たいがい父が職場の同僚を連れてのご帰還だ。寝ている子供たちは起こされ二階に追いやられる。

「奥さん‼　すんませーん」と言いながらまたひと宴会がはじまる。概して陽気な酒飲み連中だから、大いに盛り上がっていたが、母は大変だったろうなーと今にして思う。

母に言わせれば、要領が悪いから出世もせず生涯平だったというが、家族ぐるみの同僚とのつきあいもあって父には居心地いい職場だったのではなかろうか。

我が家も決して豊かな部類ではないが、戦後の貧しい時代の中でそれなりに惨めな思いもせずにここで十五年暮らし、川向こうの新興住宅地に念願の小さな家を買った。

私は二十四歳で結婚し長野を離れ関西に住むことになった。

三人の子供たちもそれぞれ独立し、両親はこの家が終の住処になったが、老後母は持ち前の器用さで趣味の世界を広げ、押し絵で生徒を取るまでになった。

父は自分のルーツを探るため遠方の寺を訪ねて過去帳を調べ、なぜ長野の山奥の地に自分の先祖が住むようになったかを調べた。元禄十年までの先祖をたぐり、「足軽程度の大した先祖ではなかった」と言いながら、小冊子にまとめて兄弟や子供たちに配った。郷土史や地元の寺社の来歴を、息子のお古のワープロでまとめ、勤勉な父らしい老後だった。父が作る真っ赤に熟したトマトの味は格別だった。あれ以上のトマトは未だに食べたことがないと私は今でも思っている。

人生の前半は大変な時代を過ごしたが、後半は二人とも好きなことをしながら穏やかに暮らしていた。

相変わらず痩せて食が細い父だったが、軽い脳梗塞の発作も後遺症なく乗り越えて八十代半ばを迎えた。五月のゴールデンウィークに帰省したら「首に何かできたから医者に連れていってくれ」といわれ、医者に行った。診察が終わって医者から「癌がリンパに転移している」と告げられたが、即座に私は父には告げないでほしいとたのんだ。気の小さい父が癌と聞いてそれだけで気力が萎えてしまうことを恐れた。

紹介状を持って国立病院に入院して放射線治療が始まった。

当然父は感づいていたとは思うが、敢えて確認しなかったので、気の小さい父は決定的なことを聞くのが怖かったのだろうと思っていた。

ところが、放射線治療が始まって一週間もすると看護師の制止もきかず自分でタクシーを呼んで自宅に帰ってきてしまった。そしてどう説得しても頑として入院を拒んだ。

この時の頑固で意志を通す父は今までの父とは違うようだったが、覚悟を決めての逃亡だったと後に私は確信した。

気弱に見えるが父の頑固な一面を知っている母は、この時「家で看取ると覚悟を決めた」と後で述懐したが、私にはとてもまねのできない夫婦そろっての覚悟だった。

医者からは三ヶ月と余命宣告され、六月、七月は食事の時間には居間に出てきて一緒に食事もできたが八月にはいると急激に体力は落ちていった。

主な看護は八十歳とは思えない気力の母が担い、妹と私と嫁が交代でサポートした。近くの開業医が看護師と交代で毎日来てくれて相談に乗ってもらった。

痛みの発作も徐々に間隔が狭まり、痛み止めの回数も増えたので「入院したら楽になるから入院しようね」と説得しても頑として受け入れなかった。

夜、母は父の手首に結んだひもを自分の手首に結びつけ父の反応に応えた。ほとんど熟睡できない日々だったようだ。

二週間の交代を頼んで私は奈良の自宅に帰ったが、もう最後かもしれないと医者に告げられ、八月末夜行バスで早朝実家に帰った。朝から暑い日だった。

母から背中の褥瘡のガーゼを替えるから抱き上げてと言われ、意識のない父を抱きかかえた。母は手際よく大きな床ずれに薬を塗ってガーゼを替えた。

ふと父を見ると息をしていない。

抱き上げた時すでに息をしていなかったのか、抱えている間に呼吸が止まったのか今になっては定かでない。


葬儀が終わった。金庫の中には弟宛につましい生活で貯めた明細があり、姉妹二人にも三百万円渡すようにと右肩上がりの几帳面な字で書いてあった。

ふと母が「満州から必死な思いで抱きかかえてきたおまえの胸の中で、父さんは息を引き取ったんだね」と言った。

気の小さい父と言うにはあまりに見事な死に様だった。

戦後の混乱の死の境界をくぐり抜けてきた夫婦には、性根の座った生き様があった。

私は小さい時から気が弱くて泣き虫で、気がかりな娘だったに違いない。大人になっても弱気な性根は変わっていない。

私が夜行で着くのを待って、父が私を抱きかかえて引き揚げ船に乗った時のように、私の胸の中で息を引き取ったことは、私には父からの大きな遺産であり、メッセージだったと思っている。「お前らしく生きろ」と。

にんしんSOS

森　志津子

私はたまの外出に市営地下鉄を利用することが多い。大抵朝のラッシュアワーを過ぎているので座れるのが有り難く、座るとドアの上にその日のニュースや行政の情報がテロップで流されているのが目につく。随分親切なサービスをするものと、つい目を奪われることになるのだが、その短い情報の中である日「にんしんSOS～思いがけない妊娠に悩んだら〇〇〇番へ」という市の案内を目にして驚いた。その電話相談は朝十時から夜十時まで開いていているそうだ。

ここまで時代は追いついてきたのかー。それが正直な感想だった。今は多くの人の目に触れる場でごく当たり前の情報のひとつとして、若い女性の予想外の妊娠が扱われているのである。そして思い出すのは三十年近く前に、長女がそれこそ思いがけない妊娠をしてしまった頃のことである。当時は高校生の妊娠が増え始めた頃で、知り合いの高校の先生は眉をひそめて職員会議での話題を聞かせてくれたものだった。

当時長女は東京で大学生活を送っていたが、何と大事な就職活動の時期に恋愛に気を取られ、就職がなかなか思うようにいかなかったのである。それも後から知ったことだった。私たち家族は地方に住んでいたので、時々電話でどうしているかと安否を確かめるだけで済ませていた。今思い返せばもっと頻繁に様子を見に上京していれば良かったのかもしれない。

一番下の子どもはまだ小学生で、私はボランティアに熱中し、長男は大学に入学しやはり東京に下宿していた。サラリーマンの夫は仕事に責任のある立場になっていた。私は長女が大学を卒業し就職すれば、やっと子育てはひとり仕上がる、と思っていた。私にとって子育ては、自分で食べていかれるようになれば、つまり自立すれば一応終わると思っていた。もう少しがんばれば気が楽になると。

それだけに長女が何とか就職して働き始めたのは良いが、その安堵の気持ちは一か月しか続かなかった。五月の連休に帰宅した長女はどうも体調が優れず、医者にみせてもはかばかしくなく、帰京してからの電話で妊娠していることを告げられたのだった。しかも双子だという。

その時の衝撃は忘れられない。その夜帰宅した夫に話すと額に青筋を立てて怒り狂い、テーブルの上を握りこぶしでドンドンと叩きながらウイスキーをあおった。二階にいる子どもに聞こえはしないかとハラハラしながら私も途方に暮れていた。夫は「お前は何をしていたのか！　お前の責任だ！」と私を責めた。お前がだらしないからだと。

冗談ではない。長女が上京する時にはよくよく言って聞かせたし、第一私が妊娠したのではなく、娘と私は別の人間なのである。それなのにどうして私が責められるのか納得できなかった。娘の育て方が悪いと母親の責任にされてはかなわない。仕事人間の夫は子育てのほとんどを私に任せていたではないか。私を信用していたからではないか。何をいまさら……。毎晩のように夫は酒を飲んでは荒れた。両親の争う声が二階まで聞こえていたと、後に大人になった末娘から言われたものだった。

その後私が上京して娘の気持ちを確かめることになった。娘はつわりがひどく会社を休み狭いアパートの一室で横になっていたが、相手は同じ大学の演劇部の仲間で、彼と結婚したいと思いつめていた。私は掃除もせず散らかったままの部屋に娘とふたりでいることに耐えられず、少し頭を冷やそうと近くの公園に行き、しばらくじっとベンチに座っていた。五月のまぶしい陽光が降り注ぎ、誰も通らないいしんと静まり返った所だったが、頭の中は混乱し何も考えられそうになかった。やがて気を取り直してともかく娘の部屋に戻り、少しでも食べられそうなものを近くのスーパーで買いそろえてから我が家へ帰ったのだった。

相手の彼には夫が連絡を取り、あちらのご両親と我が家で対面することになった。娘は仕事を辞めて帰宅し、私は東京の長男にも連絡して同席を頼み、彼の兄という人も駆けつけたので、かなりの人数になった。私はその日の昼食を用意することになり、電話で仕出し屋に問い合わせてみたが、小さな街では休日とあってどこも閉店していた。仕方なく自分で考えられる精いっぱいの手料理を準備したのだった。彼は新幹線に乗り遅れたとかで、一時間も遅刻して現れた。まだ学生なのでＴシャツにジーンズだったのには少し驚いた。晴れた日に居間で見る娘と彼は、若さと情熱にあふれ、まさにお似合いのカップルだった。あちらのご両親は二人とも教育者でクリスチャンでもあり、自慢の末息子がまさかこんなことをしでかすとは信じられない、と私達より一世代上の父親は後で私に言った。

仕方がないではないか。二人は結婚を望み、娘は妊娠しているのである。夫は中絶させたらどうかと言ったこともあったが、最初の妊娠を中絶するともう妊娠できなくなる身体になりがちだから、と私は反対した。しかも二つの命を中絶するのである。そうすれば二人の仲はもちろん壊れてしまい、体も心も傷ついた娘はどうなるかと反対した。いやも応もなかったのである。ともかく双方の両親が仕方なく二人の結婚を認め、娘が安定期に入ったら式を挙げることになったのだった。

思い出すのは娘の勤務先に私が挨拶に行ったときのことである。上京し新宿駅近くの大手書店に手土産を持っていき、まだ三十代半ばの人事課長に頭を下げたのだった。娘がわずか一か月で退職せざるをえなくなったことを詫び、深くお辞儀をしながら心底情けなかった。だから私は新宿という街が嫌いになったのだった。

それ以後度々上京し、どうやら準備も整って夏の初めには結婚式を挙げ、秋にはもう娘は親の家に身を寄せていた。双子なのでお腹が大きくなるのも早かった。そして予定日より二か月も早く、帝王切開で出産したのだった。


あれから三十年になろうとしている。結局若気の至りでその後娘は離婚し、その苦労がたたって胃がんになり、あの世に行ってしまってからでさえもう十年以上になる。残された双子の孫は、既に成人しそれぞれの道を歩んでいる。娘の願いは、子どもたちが何とかサバイバルしてほしい、生き残ってほしいということだった。未熟児で生まれ病気がちだった双子だから、なおその思いが強かったのだろう。その願いはどうやら叶えられたと言ってよいのではないか。娘亡き後は祖母の私が母親代わりとなり、祖父の夫が父親代わりとなって二人を見守ってきたのである。夫はある日言ったことがある。「自分たちの子どもは三人だけど、結局五人の子どもを育てたと同じだな」と。今更ながら精神的にだけでなく経済的な負担を全て夫が背負っていたことに、改めて深く感謝したのだった。私たちも年老いた。もう孫育ても終わってもよいだろう。

一月末はその長女の五十二回目の誕生日だった。大寒の朝亡き母とふたりでみぞれの降る中を、近所の産院まで歩いて行ったものだった。初めて生まれたばかりの娘と会った時、目をパッチリとあけ小さくあくびをしていて、その瞬間から私は娘を愛したのだった。今年は真冬とは思えないあたたかな日差しに、庭に咲いた水仙の花を娘の厨子の前に飾った。

今は八十代となった夫が二度目の入院中である。私は去年の右膝の手術後のリハビリが欠かせないが、少しは歩けるようになっているので今度は私が夫の見舞いに通っている。夫はがんを二つ抱える身で、今まで何とかやり過ごしてきたが、今年からは抗がん剤の点滴治療が始まった。副作用がひどく食事が喉を通らずみるみる痩せてきている。退院後はとにかく食べてもらうのにどうしたら良いのか、私の料理の腕では大したことはできないだろうし、目下はそれが一番大きな悩みである。

母ふたり

三好　まゆみ

時折、脳裏に浮かぶのは、昭和十九年秋五歳の時のことである。

東京の空襲を逃れ、母の実家がある北海道へ。母と私、伯母と従兄弟二人の五人の旅の始まりだった。

ぎゅうぎゅう詰めの貨物列車の中で、大きな荷物と大人たちの大きな体に挟まれ、じっと耐えていたことが思い出される。

青森へたどり着いた次は函館へ、青函連絡船の犇《ひしめ》きあった三等船室の、小さな丸窓に打ち付ける波しぶきを見ていた。

思い出すたび目に浮かぶのは、小柄な母が東京からずっと、必死に背負っていた足踏みミシンの頭である。洋裁が好きだった母にとっては大切な物だったのだろう。よろけながら私を守り続けてくれた、二十九歳の母である。

母の実家がある上富良野まで、どのように列車を乗り継いで行ったのか、当時五歳の私には定かではないが、途中の港町に住んでいた親戚に一泊したような気がする。ようやく辿り着いた母の実家は、上富良野の奥、十勝岳の麓に近い村で、祖父母が北陸より入植し開拓した所である。

五歳まで東京暮らしの私にとって、家の周りも食べ物も、何もかもが初めてのことばかりである。

父が出征していた東京での暮らしは、Ｂ29の音に脅かされ、父が掘った庭の防空壕に入ったり、母と二人になってからは、蒲団を被って押入れに身を潜め、時の過ぎるのをじっと待っていた記憶がある。

自然いっぱいの上富良野では、敷地の中に小川が流れ、水車の音がいつも響いていた。又、鶏やうさぎが飼われ、農耕の為の馬も何頭もいて、小川で洗いたての人参を直接与えたりしていた。私の人参好きはこの時が始まりのような気がする。

家の裏にはりんご畑が広がり、広大な山の上の畑には、じゃがいも畑や麦畑が広がり、周囲の白樺林には濃紫の竜胆が咲き、時折、野うさぎが姿を見せる。

疎開した翌年、国民学校初等科へ入学した。はっきりは覚えていないが、十人足らずの生徒と、校長先生を入れて三人ほどの先生がいた小さな小さな分校だった。生徒のうちの三人は、東京から疎開した私たちである。

祖父が私たちに用意してくれた、別棟の小さな家で母との暮らしが始まった。ミシンの胴体も東京から届き、母お手製の胸に刺しゅうのあるボレロなどを着せてくれていた。

北海道での生活も少し慣れて来た頃、母が今までの心労が重なり、体調を崩して臥せる日が多くなった。七歳の私には理解出来ないまま、母と引き離され、祖父母や母の妹たちとの生活が始まった。

母恋しさに、祖父母の目を盗んでは母に会いに行ったものである。後で分かったことだが結核だったらしく、当時の田舎のこと故、医者も薬もままならず、祖父が毎日卵の黄身を真っ黒になるまで火で煎っては、母に飲ませていた。

昭和二十年八月終戦直後、一緒に疎開した伯母の家族は東京へ帰ってしまい、病弱な母と私は取り残されたようで、淋しい気持になったのを覚えている。

小学三年の、年の瀬も押し迫った寒い日であった。大きな氷柱をスケートのように、雪の上で遊んでいる時祖母に呼ばれた。

急いで家に入ると、そこには息も絶え絶えの母がいて、そのまま帰らぬ人となってしまった。三十二歳の若さで……。

たった一人の最愛の母の死に、私は一晩中泣き明かした。冬休みに入る前に学校で渡された通知表を、病床の母に見せた時も「ゴメンネ、はっきり見えないの！」と、その時から病状は悪化していたのだ。

母の葬儀の日は雪の降りしきる寒い日だった。十勝岳のふもとの村から火葬場のある町まで、片側は川、反対側は深い山の道を延々と橇に揺られて行った。

東京にいるはずの父も来なくて、一番の近親者は九歳の私で、係員に連れて行かれて、小さなのぞき窓から母の体がジュクジュクと燃えているのを見た。

五歳の疎開の時の母の姿と、九歳の時の母の死、そして、燃え滾る母の体のことを、忘れようとしても忘れることなど出来ない。

昭和二十三年、年が明けて間もなく、東京にいた父と見知らぬ女性が私を迎えに来た。その二人に連れられて東京へ。昔住んでいた所とは違っていた。一泊した後北陸の片田舎へ。別れ際に父がお洒落なコートを買って着せてくれた。これが別れの印だったのだと後で気が付いた。

女性に連れて来られた所は、長閑な農村地帯の大きな屋敷の大きな家だった。大人が四人子供が五人いて、その中に何の説明もなくぽんと放り込まれた。

三年の三学期から地元の小学校へ編入することになり、友達も出来てきた。と同時に、周りの大人たちからいろんな情報が入ってきた。「あなたは、一歳になる前に養女に出されたのよ！」そして、母が亡くなったので、実母が北海道へ迎えに来たこと等等……。

北陸へ来てから、おじさんおばさんと呼んでいたのは、実の父母だったことを知った。祖父母と、子供たちは姉と兄、弟二人と妹だったのだ。

しかし、毎日の家族との生活に馴染めず、一人になると泣いてばかりいた。大家族の中の独りぼっちがどれほど淋しいか、誰に言ったとしても解ってもらえるはずも無く、特に中学生の頃の私は、悶々として悩む毎日だった。

常に「何故！　兄弟がたくさんいるのに私だけ、こんな思いをしなければいけないの！」私のせいでもないのに、その「何故！」を聞くことが出来ない。聞いたら悪いような気がして、両親も祖父母たちも何も教えてくれない。高校を卒業するまでの私には、良い思い出など一つも無い。

高校卒業後の身の振り方を自分なりに考えた時、このままでは自分が惨めになるだけだと思った。その為には、親兄弟と距離をおいて暮らさなければと思った。

親元から離れても自立出来るように、資格を取得しようと、東京の専門学校へ行くことに決めた。私の考えに同意し後押ししてくれたのはもちろん実母であった。

専門学校を卒業し、間もなく結婚、子供にも恵まれた。理解ある夫のおかげで、趣味の俳句、コーラス、ピアノ等々、今以て続けていられる幸せな毎日である。

今のこの暮らしが有るのは、実母のおかげと感謝はしているものの、どんな事情が有ったとしても、私を捨てたことに関しては絶対に許すことは出来ないのである。

養母とは、一歳から九歳までの短い期間ながら、二人で必死に生きてきた。実子でない私を、女手ひとつでどんな気持ちで守ってくれていたのだろう。

亡くなる前の二年余りは、ほとんど母に会わせてもらえなかったあの淋しさ！　思い出すたびに、涙が零れるのをどうすることも出来ないのである。

成人してからも、結婚してからも夫と一緒に、何度も昔住んでいた場所を訪れた。十勝岳の雄大な景色と、ラベンダー畑や色んな花々に彩られた穏やかな丘陵地は、心を癒してくれる。私にとっては、喜びも悲しみも想い出のいっぱい詰まった、第二の故郷なのだ。

自分自身、何時どうなるか判らない歳になっても、若くしてこの世を去った母を思い、今以て「お母さんの分まで長生きするからネ!!」と、心の中で呟いている私である。

喧嘩

笹森　美帆

七月、北海道の短い夏が始まった。

今年一月末に夫が退職したので、四月の末に夫とともに日本へ一時帰国し、六月の末、夫は札幌での今までにない二か月という長期滞在を終えて、バルセロナへ帰っていった。

私はスペイン人の夫と結婚して三十年、ずっとバルセロナに住んでいるのだが、七年前から一年の半分を札幌で過ごすようになった。その間に、父の最期を看取り、今は九十二歳の母の近くで日々を過ごしている。

私が半年もバルセロナを留守にするため、夫は寂しい独り暮らしを強いられたが、なんといってもこれまでの彼には仕事があったのである。私の日本滞在中、夫の方も必ず札幌に来て数週間の休暇を一緒に過ごしていたのだが、その間も職場からの連絡は絶えることがなく、トラブルが起きると国際電話で真夜中に叩き起こされることもしばしばであった。

そんなストレスフルな仕事から解放され、札幌で過ごすこのふた月は薔薇色の日々であるはずだと彼は思っていたのだが、必ずしも私の方はそう思ってはいなかった。

二か月という期間は、日常を離れた旅行でも、バカンスでもありえない。れっきとした『生活』なのである。しかもそれは言葉の通じない、習慣の違う異国で過ごす生活なのだ。

私自身がそれを嫌というほど噛みしめながら異国に根を下ろしたのだから、その苦労は身に沁みている。しかしすべての苦労というものは、自分が体験しなければ分かりえないことだ。それまでの夫は友人たちに、いとも簡単に日本での永住宣言をしていた。この二か月間は彼にとって日本に住むための試験的な期間でもあったのだ。私は夫に、異国で生活するということの真の意味を自分自身の心と体で噛みしめてほしいと思っていた。

案の定、今回の長期滞在は、数週間で破綻の兆しを見せはじめた。生活であるからには、私としても二十四時間つきっきりで夫の相手をしているわけにはいかない。特別なことをし続けていたら生活にはならないし、特別なことが半永久的に求められるようになったら、これまで通りの気分では続けてはいけない。夫婦だけではない、人間というものは他人に依存しながらも、常に、自由と自立と尊厳を求めているのではないだろうか。

私が札幌での生活を享受する傍らで、夫は次第に精彩を失っていった。異国で生きるということは、水の中を全速力で歩こうとするようなものだ。あの水の抵抗を常に全身で受け続けるということだ。

この国では、ゴミひとつ捨てるにも、厳しいリサイクルのルールを守らなければならない。彼にとってはプラスチックで出来たペットボトルがガラスの瓶や金属のカンと一緒になること、壊れたプラスチック製のハンガーやバケツが生ごみと一緒で、シャンプーや洗剤のプラスチック容器はペットボトルとは別の日に回収されるということがなかなか理解できない。お菓子一つ食べてもその包みはどこに？　インクのなくなったボールペンは？シェービングクリームのスプレー缶は？　といちいち私を質問攻めにする。「これを見なさい」とゴミ分けガイドを突き付けたいところではあるが、相手は日本語を読めない哀しさである。

誰も彼もが、彼にとって意味不明な言葉で語りかけてくる。街なか、バスや地下鉄の中、ありとあらゆるところで、常にわけのわからない言語が鳴り続けている。理解不能な言葉の氾濫。私がそばにいなければ、他人と思い通りに意思疎通をはかれないもどかしさ。

会話とは常によどみなく流れているものであり、その流れを止めるのは不自然だし、不可能である。私が会話の内容を切り取って夫に伝え、夫がそれに応えたとき、すでに会話は別の方向に流れている。歯車がかみ合わないもどかしさに苛立つ私の耳もとで、まるで呪文のように繰り返される夫の「ディレ・ケ……（……と伝えて下さい）」という言葉が空しく響く。

そして彼を最も苦しませたのは、ここでは、自分が無為の存在であるという感覚だった。

どこへも行くところがない。誰も彼を必要としていない、なすべき仕事も約束もない。スペインであれほど彼を煩わせた仕事や、知人、友人、家族とのしがらみが、ここには一切ないのである。ないない尽くしで重力さえ失って、ふわふわとどこへともなく漂ってゆきそうな頼りなさである。

そんな煩悶がやつあたりになって私に投げつけられ、私たちは何度も喧嘩を繰り返した。夫の滞在があと三週間ほどになった時、彼が帰国の日程を早めて札幌を去ると言い出した。それまでも数えきれないくらい言い合いをしたけれど、その時の夫の口調には自分自身に対する深い失望が感じられた。

生きていくために、自分にしか背負うことができないものがある。どんなに苦しくても、他人には助けられない時がある。彼が背負っている荷物を後ろに回って持ち上げ、いくぶん荷物が軽くなったと思えたとしても、それは根本的な解決方法ではない。苦しむ彼をなだめ、励まし続けてきた私の心の中にも、疲労がとぐろを巻き、全て投げ出して、泣きたいのは私の方だとも思った。

その時、夫は机に向かって椅子に座り、私の方を見ていなかった。

私は部屋の真ん中でぺったりと床に座り、頑なな夫の横顔を下から眺めていた。重苦しい沈黙がふたりを隔て、私はあらためて身の置き所を探すように、もぞもぞとお尻をずらしてふすまに背をもたせかけた。午後の陽が部屋に満ちて、ショートパンツをはいた脚がむき出しに床に投げ出され、その生っ白い脚には、どこにぶつけたんだろう小さな痣が出来ていた。足先にはベージュのペディキュアのはげかかった爪が暢気そうに並んでいる。

「ねぇ、ちょっとこっちにきて、いっしょにここに座ってみて」

数秒間の沈黙。

「お願いだから、ここにきて、私の横に座ってちょうだい」

ため息。いやいや椅子から立ち上がり、こちらに来る気配。

叱られた子供のように並んで座ったふたり。

夫も、やっぱり私と同じようにショートパンツをはいていて素足だ。鍛えられた筋肉を持つ六十六歳の脚。いつの間にこんなに外反母趾がひどくなっちゃったんだろう？　岩のように武骨な足だ。黙って、しばらくお互いの脚を見比べていた。

「どうして、こんなに細かい皺ができちゃったんだろう？」

ぽつりと、夫が細かい縮緬皺のよった自分の脚を見ながら言った。それはあたかも彼の人生そのものだった。九時前に自分の仕事を片付けなければ、電話や来客や会議に忙殺されて仕事がたまる一方だからと、毎朝五時前に起きて働きに行っていた。どんなに疲れていても、じっとしていることがなかった。休日のたび、裏庭の樹の枝打ち、雑草や枯葉の掃除、壁の塗り替え、雨どいの修理、窓拭き、テラスの掃除と、一日中外で働き、厳しい日差しに焼かれてきた脚である。

三十年この脚と一緒に歩いてきた、いつもふたりで。あの崖の斜面にしがみつくような形で建てられた、バルセロナの、あの、私たちの家で。

この縮緬皺のよった脚と、あと何年一緒に歩けるんだろう？　あと私たちにどれくらいの時間が残されているんだろう？

喧嘩なんかしてる場合じゃない。

並んだ二人の脚を見つめながら、すぐ脇に置かれていた夫の右手を、きゅっと握りしめた。

時計と私のはなし

木野　ひかり

いま使っている腕時計は、中三の冬、クリスマス生まれの私がクリスマス兼誕生日プレゼントとして両親からもらったもの。かれこれ十年目の付き合いです。

当時の自分にしてみれば高価な買い物でしたが、「大切に使うなら」と両親が奮発して、良いものを買ってくれました。デザインも、全体が銀色で小ぶりの、少し大人びたものでした。

フレームの外枠に埋め込まれた小石たちがキラキラ可愛くて、ちょっと背伸びした気分になれたあの頃。思えば高校受験、大学受験、二度の大学院入試、そして数々の大事な場面で私を助けてくれた相棒のような存在です。

私の十年を刻んでくれた時計。

十年間で色んなことが変わりました。自分の周りの環境や人、そして勿論自分自身も、日々変化していることを強く実感させられます。

この時計を初めて身につけて出掛けたのは、クリスマス翌日の塾の冬期講習でした。当時は勉強が嫌いで仕方なく、受験への不安やプレッシャーで毎日押し潰されてしまいそうな、とても辛い時期でした。何かが爆発して友人とこっそり塾の授業をさぼっては、近くの川原を目的もなく歩き、カモにエサをあげに行ったこともありました。どうして自分が勉強しなければいけないのかもわからず、先の見えないもやもや感を、親にぶつけてしまうといった、未熟さの目立つ幼い自分でした。ただ、演習問題に取り組みながらちらっと見た時、新品のきらきらの時計が、やり場のない心を和ませてくれたのは確かです。

勉強している辛い時間は永遠に続くように感じていたのに、楽しかった中学生活自体は瞬きする間もなくあっという間に過ぎてしまい、与えられている時間には限りがあることを知りました。そんな感覚を噛みしめつつ、号泣しながら帰った三月九日も、腕にはこの時計をしていました。

地元から少し距離のある高校に入学すると、通学に時間がかかるため、時計と地下鉄の時刻表を交互ににらめっこする毎日となりました。高校生活はしたいこともしなければいけないことも格段に増え、とにかく時間が足りませんでした。高二のある日、大事な用事が重なってしまったことがあります。遠方に引っ越した友人が、久々に地元に帰ってくることになったのです。しかし、その日は休日にもかかわらず、重要な学校行事があり、自分の都合で学校を抜けることが難しい状況でした。終了時刻によっては、急げば友人が帰る新幹線に間に合うかもしれない……学校からダッシュでバスに乗り込みましたが、そういう時に限って大渋滞。そわそわと無慈悲に動き続ける時計の針をにらみながら、デッドラインの時間を越えてしまった瞬間の絶望感は忘れられません。その友人とは大親友だったのに、引っ越し直前に大喧嘩をしてしまい、そのままお別れしてしまったのです。私はこの時、もしも再会できたなのなら、本気で仲直りしたいと相手に伝えるつもりでした。

その友人とは、それから一度も会うことはありませんでした。実はそれから間もなく不慮の事故で亡くなってしまったのです。何度も彼女のことを思い出しては、後悔で泣き叫びたくなることもありました。もし、あの日行事を休んでいれば……他のバスに乗っていれば……あの日に戻りたいと、時計の針をわざと逆方向に回してむなしくなることも。それでも徐々にそれが運命だったのだと、納得できるようになったのは、淡々と進み続ける時計の針を眺めていたお陰だったのかもしれません。時の流れは前へ前へ、一方向にしか進まないことを痛感しました。そして、限られた時間の中で、自分が本当に優先したいことは何か、そのためにできるベストは何かを考えるようになりました。やり残しのない人生にしたいと思ったのです。

大学入学後はそれまでと打って変わり、驚くほど自由な時間が増えました。そこで私が力を入れ始めたのは、これまでの人生史をノートに書き出すことです。これは予想以上にはまりました。文字に書き起こすことで、私の過去の経験たちが、人生ゲームのマスのように頭の中で繋がっていくのです。あの日あの時、あの選択や出来事を経験し、因果のようにマス同士が結びつき、一筋の道を描いていました。それが私の二十年と少しの人生を表していました。

そんなことに没頭している休日は、気づくと頭上にあったはずの太陽が沈み、部屋の中がオレンジ色に包まれていることがよくありました。腕時計の小石に太陽光が反射して、一瞬きらりと輝く光ではっと我に返ります。過去に浸ることはとても魅力的な行為で、時に過去のある時間にいつまでも留まっていたいと感じるのです。しかし、腕時計の時刻を確認すると、現在の生活に引き戻されました。先程まで校庭でドッヂボールをしていた小学生の私は、徐《おもむろ》にパソコンを開き、難しい専門用語が羅列する論文を読み始めます。そのギャップが面白く、心の中で笑いながら、過去から現在への連なりを実感しました。全ての過去の積み重ねが、確実に、現在の私の基盤となっていることに気づきました。そして、歩んできた人生への理解が深まることは、これまでの出来事に何一つ無駄なことはなかったのだと信じさせてくれ、私自身を以前より少し好きになることに役立ってくれました。

　そして大学院生になり、将来について考えることが増えました。仕事や結婚、子育て。どんな未来が私に待っているのか。その理由はもちろん年齢を重ねたこともありますが、何よりも、この先、共に人生を過ごしていきたいと思える人に、初めて出会うことができたからだと思っています。それまでは、将来を考える余裕が、正直あまりありませんでした。目の前のタスクにがむしゃらになる方が、曖昧な将来を思い浮かべるよりも簡単で、意味のあるようにも感じられました。彼との出会いは、誰かと時間を共有することが、人生を豊かにすることを教えてくれました。今は、その人と一緒なら、きっと楽しい将来が待っているだろうと心から思えます。そして将来を考えることに喜びを感じるようになりました。

　彼が先日、「君の着けてる腕時計、使い込んでるようだけど、とってもかわいいね」と言ってくれました。そりゃあそうです。私の自慢の相棒ですから。そして、そこに気づくあなたもお目が高い。私はうっすら笑いながら「これからも私の側で、嬉しい時間も悲しい時間も分かち合ってね」と彼と腕時計の両方に向けて呟きました。恥ずかしいので心の中で。

振り返れば、この時計は私に人生で大切なことを沢山教えてくれたように思います。初めは十個埋め込まれていた小石も、今では三個しか残っていません。そこらじゅう傷だらけです。

しかし、見た目は変わってしまっても、毎日同じテンポで時を刻み、見慣れた盤の上で私に時刻を教えてくれます。新型ウイルスによって、自由に外出できず日常の形が大きく変わってしまっても、この時計はいつもの安心感を与えてくれる存在です。ですから、家の中でも必ず腕時計をはめるようにしています。きっとこれからもこの時計は、私の側で色々なことを教えてくれるのだと思います。そんな時計をできるだけ長く使い続けようと思った今日この頃です。

追い風と向かい風

谷　峰男

瀬戸内の地方都市に住んでいた時のことである。海峡の近くに住まいがあり、一人住まいの無聊を慰めるため、週末はいつも海沿いを自転車で走っていた。それもママチャリといわれる安物のペダルをこぐのに苦労する自転車であった。

春のさわやかな風の日であった。いつものようにペダルをこいで、めざす西の海鮮市場に向かい、まかない食堂の美味しい昼食を頂いた。新鮮で肉厚なあじやふぐのフライに舌鼓を打った。そのあと街の高台に上り、海峡の絶景を堪能した。海峡を見下ろす図書館で時間を過ごした後、帰路についた。ペダルをこぐと、やたら足が重い。顔には強い風が感じられる。そうか、東からの向かい風で自転車の進みが悪いのか。三十分ほどの距離であったが、足はがくがくする程であった。往きも同じような風が吹いていたはず。その時は追い風だったわけだ。往きはペダルも軽く風のさわやかさを楽しんだ。しかし帰りはこうして同じ風が向かい風となり苦労している。

　ふうふう言い、ペダルをこぎつつ思った。人というのは、追い風には鈍感なものだな。すいすい進めるのは自分の実力と思う。そのくせ向かい風は少々でも、たいへんきつく感じて、くじけやすい。周りのせい、他人のせいと思いたがる。これはいろいろな場面でもありうるな。本当は周りの人の支えでうまくいっているのに、自分ひとりで回していると錯覚する。一方、少しでも忠告されたり反対されたりすると、くじけたり、嫌気がさして諦めてしまったりする。

　四十歳そこそこで、その地方都市にできた子会社に出向転勤となり、すでに外れていた昇進、出世コースからは完全に脱落した。この職場で自分が必要とされるのも数年だろうから四十歳半ばで他の働き口を見つけねばと思いながら赴任した。それが実際に来てみると、思いもかけず部下と同僚の果てしない優しさに触れることになる。その地方の深い温かみに触れた。そうこうしているうちに昔の上司のおかげで思いもかけない名誉を与えてもらった。その時は捨てる神あれば拾う神ありだな、などと生意気なことを思ったりした。自分なりの努力はしたとはいえ、ほとんどはその元上司のおかげで手に入れることができたものであった。それに気づいたのは何年もたってからのことである。とても豊かな暮らしを送らせてもらっていることに気づいたのは五十歳を過ぎてからであろうか。

　そして先ほどの風のできごとは、その地についてから十年近く経った頃であった。すでに会社生活はこの地を最後にしたいと思うようになっていた。しかしそうはならなかった。遠く離れた東北の地を襲ったあの大地震に続く大津波がその生活を変えた。四年後、会社の閉鎖が決まり、退職し、その地を離れることとなった。

あの大津波により、自分が信じていた技術の限界をまざまざと見せつけられた。電力を造ることにいくらかでも貢献していると自負していたが、巨大事故を収めることに何の役にも立てない現実を前に無力感にさいなまれた。無力な自分がそこにいた。その事故までは追い風の中にあったのだと気付かされた。小さなことで何を愚痴り、悩んでいたのか。向かい風になり、仕事量は減っていき、周りの人たちが生活に苦労する事態になっても自分には何もできない。そんな中でも海峡の街の人たちは皆、一生懸命で優しかった。押し寄せてくる現実に冷静に対応していた。

新たな地での新しい仕事、暮らしも四年が経ち、この春還暦を迎えた。今は週末おなじ自転車で、太平洋を望む海岸へ向かってペダルをこいでいる。今も、あの海峡沿いを自転車で走った十三年の温かい思い出とあの向かい風を忘れることはない。

人生十人十色 3

2021年 4 月30日　初版第 1 刷発行

編　者　「人生十人十色 3 」発刊委員会
発行者　瓜谷 綱延
発行所　株式会社文芸社
　　　　〒160-0022 東京都新宿区新宿1－10－1
　　　　　　　　　電話 03-5369-3060（代表）
　　　　　　　　　　　 03-5369-2299（販売）

印刷所　株式会社晃陽社

ISBN978-4-286-22488-6

料金受取人払郵便

新宿局承認

3971

差出有効期間
2022年7月
31日まで

(切手不要)

郵便はがき

160-8791

141

東京都新宿区新宿1－10－1

(株)文芸社

愛読者カード係 行

ふりがな お名前			明治 大正 昭和 平成	年生 歳	
ふりがな ご住所	□□□-□□□□			性別 男・女	
お電話 番 号	(書籍ご注文の際に必要です)	ご職業			
E-mail					
ご購読雑誌(複数可)			ご購読新聞		新聞

最近読んでおもしろかった本や今後、とりあげてほしいテーマをお教えください。

ご自分の研究成果や経験、お考え等を出版してみたいというお気持ちはありますか。

ある　ない　内容・テーマ(　　　)

現在完成した作品をお持ちですか。

ある　ない　ジャンル・原稿量(　　　)

書　名			
お買上 書　店	都道　　市区 府県　　郡	書店名	書店
		ご購入日	年　月　日

本書をどこでお知りになりましたか?

1.書店店頭　2.知人にすすめられて　3.インターネット(サイト名　　　)

4.DMハガキ　5.広告、記事を見て(新聞、雑誌名　　　)

上の質問に関連して、ご購入の決め手となったのは?

1.タイトル　2.著者　3.内容　4.カバーデザイン　5.帯

その他ご自由にお書きください。

(　　　)

本書についてのご意見、ご感想をお聞かせください。

①内容について

②カバー、タイトル、帯について

弊社Webサイトからもご意見、ご感想をお寄せいただけます。

協力ありがとうございました。

※お寄せいただいたご意見、ご感想は新聞広告等で匿名にて使わせていただくことがあります。

※お客様の個人情報は、小社からの連絡のみに使用します。社外に提供することは一切ありません。

書籍のご注文は、お近くの書店または、ブックサービス(0120-29-9625)、セブンネットショッピング(http://7net.omni7.jp/)にお申し込み下さい。